POESIA MUNDI
NOVOS POEMAS REUNIDOS

POESIA MUNDI
NOVOS POEMAS REUNIDOS

MARCO LUCCHESI

1ª edição

EDITORA RECORD
RIO DE JANEIRO • SÃO PAULO
2025

CIP-BRASIL. CATALOGAÇÃO NA PUBLICAÇÃO
SINDICATO NACIONAL DOS EDITORES DE LIVROS, RJ

L967p
    Lucchesi, Marco, 1963-
    Poesia mundi : novos poemas reunidos / Marco Lucchesi. – 1. ed. – Rio de Janeiro : Record, 2025.

        ISBN 978-85-01-92310-3
        "Contém índice de títulos"

    1. Poesia brasileira. I. Título.

24-95382   CDD: 869.1
                                CDU: 82-1(81)

Gabriela Faray Ferreira Lopes – Bibliotecária – CRB-7/6643

Copyright © Marco Lucchesi, 2025

PROJETO GRÁFICO DE MIOLO: Mayumi Okuyama

Texto revisado segundo o Acordo Ortográfico da Língua Portuguesa de 1990.

Todos os direitos reservados. Proibida a reprodução, armazenamento ou transmissão de partes deste livro, através de quaisquer meios, sem prévia autorização por escrito.

Direitos exclusivos desta edição reservados pela
EDITORA RECORD LTDA.
Rua Argentina, 171 – Rio de Janeiro, RJ – 20921-380 – Tel.: (21) 2585-2000.

Impresso no Brasil

ISBN 978-85-01-92310-3

Seja um leitor preferencial Record.
Cadastre-se no site www.record.com.br
e receba informações sobre nossos
lançamentos e nossas promoções.

Atendimento e venda direta ao leitor:
sac@record.com.br

EDITORA AFILIADA

Sumário

9   MAVÍ
    Toque 10
    Arcos 15

21 MAL DE AMOR
    Pontos de fuga 22
    Pavanas 29
    Conjunções 35

45 MERIDIANO CELESTE

101 CLIO
    Prólogo febril 102
    Clio 107
    Insônia 125

141 SPHERA
    Coda 169

175 QUARTETOS

189 MAR MUSSA

203 HINOS MATEMÁTICOS
Suplemento: Math Again 215

221 BESTIÁRIO

245 MICROCOSMO

255 AL-MAʿARRĪ: VESTÍGIOS

265 LEILA/ ليلة

273 ALMA VENUS
Princípios 274
Temporais 282
Cidades 296
Altitudes 304

315 BIZÂNCIO

337 SONETOS MARINISTAS

347 FACES DA UTOPIA: VISITAÇÕES
Rûmî 348
Yunus Emre 351
Joachim du Bellay 354
San Juan de la Cruz 357
Francisco de Quevedo 361
Angelus Silesius 370
Friedrich Hölderlin 373
Georg Trakl 377
Ştefan Petică 382
George Bacóvia 385

Dino Campana 387
Velimir Khlébnikov 391
Rainer Maria Rilke 395
Boris Pasternak 399
Ion Barbu 404
Marin Mincu 406
George Popescu 409
Tozan Alkan 414

419   Itinerário poético de *Poesia mundi*
421   Índice de títulos e primeiros versos

MAVÍ

All lost, nothing lost
STENDHAL

A Luís Carlos Patraquim e à memória de Shuntarō Tanikawa

Toque

From very far it is possible to touch
MANGALESH DABRAL

Improviso

A lua esfria o coração dos *vedas*. Não há
neblina suficiente onde me atire, nem precipício
que me diga adeus.
Oscila uma vogal dentro de mim.
O absinto induz à escuridão: não tenho sílabas,
não tenho sede.
As noites brancas correm no meu sangue
e a chuva
cai
ligeira
negro sol.

*

Saṃsāra
para Mariana Ianelli

Dormem na rocha escura os filhos do plural.
Incerto, o deus atônito e sutil,
ao sopro visceral da luz: fome e furor.

*

Usurpação

Não deixo de buscar o corpo que encontrei.
Sonâmbulas as praias, feridas pelo vento.
Confio meu ardor à noite impura.

Nas dunas semoventes e arredias, a morte fez
de todos estrangeiros.

*

Rio

Nas águas turvas do Ganges, um dom Giovanni,
trêmulo e arfante, repete voluptuoso ao fim do
dia:

eis o catálogo, minha Senhora.

*

Lendo Shah Hussain

Noites negras e sombrias
como búfalos que pastam
....
quando assoma a luz do dia
meus rebanhos se desbastam.

*

Aquário

A noite é mar de inquietas correntezas.
E a flauta imprime direção ao vento.
Brilha uma estrela obsessiva, olhar de peixe:
Delta do Aquário, em ondas de fuligem.
Pudesse conquistá-la com meu grito. Pudesse
devorá-la num só gesto.
Toda palavra é flauta nos teus lábios. Sopro de
carne, espinho, treva e luz.

Passam velozes cardumes de estrelas.
Os deuses lançam, ávidos, as redes.

*

A caminho

Ouço uma voz fatal
na escuridão:

*Marco, Marco,
por que te persegues?*

Os olhos míopes
e as mãos cheias de sangue,
enlaço meu cavalo sob a lua.

*

Miragem

A ruiva cabeleira do verão fez de nós dois
tuaregues azuis. Apaga-se uma pira de sândalo e
de incenso.
O mundo cessa nos dispersos areais.

*

Atlas

Teu canto me avassala, indômito, feroz.
O disco. A flor de lótus.
E assim corremos juntos noite adentro.

Arcos

*El centro es una ausencia, de punto, de infinito y
aun de ausencia y sólo se lo acierta com ausencia.*
ROBERTO JUARROZ

Adeus

Abranda-se a tensão de nossos arcos. Os pensamentos náufragos, agora, e a quase morte, a que se entregam nossas vidas.

Os touros deitam nuvens de poeira. E a névoa dos sentidos me avassala.
Um séquito gentil de capivaras acorre ao lago escuro dos teus olhos.

Em breve, espuma e sombra, a nossa carne, sem nome e sem memória. Calêndulas veladas de amarelo.

Lânguido réquiem:

    omen   nomen

        OM̥

*

Ada

Eu me lancei no espelho atrás de ti.
Ferido entre rumores e estilhaços, não é pequena
coisa penetrá-lo.
Cem anos me custou a travessia. Tão íntimo do
avesso, indócil como Orfeu.
Teu nome é um palíndromo de luz.
Implora uma distância de cristal,
antes que caia a noite indefinida.

*

Mare Crisium

Doce punhal a lua no teu corpo.
Brandos eflúvios: as damas da noite afloram na elipse de teus
olhos insurgentes.

O timbre de uma voz imaculada. A solidão açoita a
madrugada.

*

Retrato

Um sino dobra tácito e sombrio.
Não sabe ao certo quando nem por quê.

Insólita porção de rebeldia.
Teu pranto é como a chuva das monções

(matéria sublimada em corpos caçadores)

*

São Paulo

Alvos lençóis quarando nos varais: velas ao
vento, insólito volume. As bodas místicas em
mar de asfalto. Não sei de guerra e paz, ternura
ou desatino.
Pousa uma garça no *Livro dos mortos*.
Eu me consagro aos rituais do azul.

*

Lendo Ghalib

Se à luz do dia a Ursa e as filhas usam véu,
por que sobem à noite, nuas, para o céu?

*

Mar

Ondas frias, dizei-me o que não sei.
Qual a profundidade e a quantos metros.
Eu me abalanço nesse mar bravio, em líquidas alturas e partidas,
onde se despe a luz da claridade.

Meu verbo, espuma e sal, ronda o abismo:
o sono da palavra e a transparência.

Como deter, incerta, a gestação das águas?

*

Pane

Teu rosto arrebatado no crepúsculo.
Para tão longa estrada, escasso o combustível.
Afoga-se o motor na escuridão.
Um mosto de romãs. O pranto escuro.
Ah! Teu pequeno sol já não resiste.

Sussurra o vento frio do destino:
a vida não se farta de poentes.

*

Despedida

A ti leitor
envio
muito saudar

agora que
me dou
em alto-mar

MAL DE AMOR

Al cor d'amor sofren per sobramar
ARNAUT DANIEL

Pontos de fuga

quando piso em folhas secas
NELSON CAVAQUINHO

Tornar-se apátrida e selvagem, para alcançar o rosto
físico das coisas.

*

Beleza desnuda, cintilação. A síntese intangível,
acima das partes, da soma das partes. Não mais que
lúcidos vestígios.
Ó sede que desenha os lábios da loucura.

*

Armado silêncio de punhais e de espinhos. Um século
de paz, um século de guerra. Amoroso combate.
Periélio de corpos: mil vezes raros, mil vezes puros.
Um sol irrompe e desvanece a cada encontro.

Ouve o canto áfono dos deuses.

*

Inúmeras baleias fervem neste mar. Cumprem o venturoso ritual da corte. Eu as contemplo à mesa deste bar, quase um navio encalhado na praia, coberto por uma nuvem de moscas. Seu capitão, um velho gato siamês. Sou como um náufrago entre copos de cerveja. Igual a Jonas, prestes a ser engolido pela baleia azul da indiferença.

*

Trazias dentro de ti as marcas do verão, a terra entreaberta e sufocada de calor.

*

Águas esquivas na superfície da pele. Pálpebras lunares, como um incêndio às margens do Ocidente. Um pássaro fugaz, em abandono de trevas e adeuses.

*

Meu tempo se anuncia como o grito dos chacais entre as ruínas.

*

Nos teus seios altivos, uma volúvel gleba de
açucenas.

*

As tramas reptícias do desejo. Toda a palavra é um
abismo de luz. As sombras nos desvestem vagarosas
e as unhas crescem junto à escuridão.

Assoma inopinado o pelicano. Por onde começar?

*

Teu dorso constitui um mundo novo. Olho para a
constelação de Órion. Sempre mais baixa, como se
pudesse tocá-la.

*

Foge da noite a tarde ensolarada. E se desmancha
num clamor intranscendente. O ocaso é uma nódoa
vermelha, no lençol de nossa diáspora.

*

Mal reconheço o mar que amanhece. Um barco de
pescadores (mudo e imóvel) não se despega do cais
em ruínas. Sereno mar, como um leão deitado numa
jaula, a denunciar a tempestade. A loura bicicleta
apoia-se à parede. O relógio parou às cinco da manhã.
As árvores lascivas se desnudam. Um gato de olhos
vesgos sabe (mas não diz). Presa ao molhe da cama,
dormes a bombordo, antes que as tempestivas
maritacas te despertem.

*

Caminho sobre formas circulares, nas zonas
refratárias do silêncio. Rumo ao prenúncio
inabordável dos gerânios. Eu guardo um destemido
canto de beleza.

*

Aceita essa parcela de adeus, antes que eu mesmo te
devore. Atroz, impiedoso, ave de Prometeu. Cegueira
que me aferra a teu penhasco, disforme e calcinado
pela dor.

*

Beijo a fronte clara da vertigem. E pago minha fome
de alturas.

*

Tensa palavra qual feixe de nervos. Feroz obsessão.
O súbito revérbero de um rosto.

*

As ondas altas no mar de agosto. Um sopro de beleza
mineral. O corpo levantino à espera dos cruzados. As
luas incontáveis não aclaram uma só noite do destino.

*

Como queima esse desejo. Demanda que se cumpre
na distância. Degenerada em sua pureza. Tão
desabrida em seu segredo.

*

A fria dissonância das vogais. Tua nudez recorre a mantos de silêncio. Grito (Eurídice! Eurídice!) para medir quanto me é surdo o próprio eco.

*

Já não se perdem as tardes erradias, nem o terror da bruma e seus espectros. Sobe um cavalo aos montes perfumados. E beira os olhos lânguidos do abismo.

Pavanas

Your plutonium secret
TED HUGHES

Um salto irreversível no silêncio e um áspero desejo de partir.

*

O pássaro que ao mundo não se atreve. Seu canto não aduz a memória do voo. No rádio, uma canção de Billie Holiday: o espaço desmedido que nos une – e o velho blues que nos separa.

*

Um corpo nu sob os raios de sol. Mosaico de um todo esquecido. Deflagra-se uma guerra de fronteira nos Bálcãs insurgentes de meu coração.

*

Penetro uma jazida luminosa. Tua nudez mil vezes silencia e resplandece. Como um lascivo calendário de oficina.

*

Inquieto o cão de guarda no quintal. A fúria do
presente nos redime.

*

Teu sonho, abismo líquido, uma constelação insone,
em busca de não sei que estranhas órbitas.

*

Deixai a dissonância, ó vós que entrais. No oitavo céu
do náufrago edifício, já não percebo drásticos
rumores. Ecoa de improviso uma ária antiga: *tu che a
dio spiegasti l'ali.* – Feroz arribação à flor dos lábios.
O *bel canto* é um talismã: a esconjurar o labirinto,
onde se apagam nossas vozes.

*

Ouve o sussurro das sombras. Motores de uma tarde
incandescente. Como atingir a luz senão pela
semântica das trevas?

*

Não tenho moedas de ouro. Trago esses raros grãos
de areia, levados pelo sopro de Simum.
Um áspero deserto pulsa em minha pele.

*

Contorno a enseada de teu ventre e as praias súplices
que me assediam. Heitor e Andrômaca passam ao sul
de nossos travesseiros.

*

Uma inquieta matilha de lobos foge ruidosa na
madrugada.

*

Eu sou o filho pródigo da infância, aquele que partiu
ferido em solidão.

*

Luzes de sódio. Grafites urbanos. Cedo ao calor
estreme de teu corpo.

*

Procuro recompor os nossos fragmentos. Como se
fossem peças de um motor antigo, pedaços de um
vitral na escuridão, manchas negras no corpo de um
jaguar.

*

Colóquio sem palavras, longo balbucio. Eu baixo ao
poço espesso que descerras. Que sabem as Parcas da
compaixão?

*

Na cova dos leões, um leito voraz. Acrópole de nosso
imaginário.

*

Horas ferinas, desfeitas nos lençóis. Depois, a queda em pleno vácuo. Espelhos apagados. Uma estrela de escassa duração inunda a elegia dos corpos. Babel e Sião nos braços incondicionais do todo.

*

Fomes inúteis, marcas de silêncio, cruel, obstinado. *Céus escuros de metal.* Derramo um punhado de estrelas na boca da noite.

*

Desejo e não desejo: um todo se dissolve. Como Dobrar as lâminas da duração?

Conjunções

Deixe-me ir preciso andar
CARTOLA

Um dorso fugidio e sinuoso. Agreste, em sua volúvel transparência.

*

Eu canto o imponderável céu daqueles dias.

*

Sinto-me preso a uma esfera dissolvente. Como se não houvesse mais distância, além do escasso domínio da pele. Névoa densa dentro da qual me decomponho. Como cobrar de ti as partes que me ferem e atravessam?

*

Um campo de papoulas que devoro com a pequena orquestra dos sentidos.

*

Sob o silêncio cúmplice da lua, dormem as úmidas meninas dos teus olhos. Os seios resplandecem: lírios trepidantes. E o sono se insinua em grânulos de pólen.

*

Um enxame de palavras no coração. A inominável travessia. Um rosto se desvela no espelho baço da noite. A iminência da queda aperta-me a garganta.

*

Cessam as noites selvagens, aos tímidos rubores da manhã.

*

Sondo as entranhas da terra. Selva do corpo adentro, líquidos prefácios. E fogo a desatar o galardão. Fera amorosa, doce inimiga.

*

Aos olhos lúbricos da lua, afundo imotivado na onda
escura de tuas pupilas. Como *aquela que fulge como
a aurora*: eu apascento meus rebanhos nesses prados.

*

Nosso automóvel corre em meio às dunas. A lua sobe
trêmula por seus domínios e as névoas íntimas da
noite nos detêm. Irrompe o tímido conclave das
corujas, quando reponta deslumbrante Aldebarã.
Seguimos leves e velozes pela madrugada. Tão jovem
se mostrava o corpo do futuro.

*

'*Stamos em pleno mar*, longe dos astros. Cravados
num aquoso labirinto. Como Tintim no convés do
Ramona. Tua nudez: boia de náufragos e suspirosos.

*

Sob o fragor da chuva, as folhas de hortelã. Renovam-se
os anéis da escuridão. Uma clareira de narcisos.
Pontos de fuga, vãs perspectivas.

*

Preso ao mistério das nascentes o curso das ondas.
Fogo branco deitado em fogo negro. Um astro mudo
fere esse estrépito de aurora, que me confunde e
empalidece.

*

Pássaros de olhos negros, iguais aos teus. Prontos e
agudos, como dardos, a arrancar não sei que estranho
prodígio das coisas. Torvo. Sublime. Nefando apetite.

*

A correnteza não perdoa indecisões. Sou sempre
menos o que fui. E sempre mais o que não sei.

*

Lamento de águas mansas, revoltas, à sombra onde
morrem nossos gritos. Lácteos licores. Palpável
sedição. Saraivam tempestades nas abrasadas terras
feminis.

*

As horas se agasalham no poente, enquanto não
termina o coro das cigarras. Indago as pedras com
espanto e ensaio novas fontes de calor.

*

A teus medos sem lua eu me entrego.

*

Essa remota partitura. A teus pés o sono e a dor. Não
vingam sedições, não crescem precipícios. Um gesto
desatina os pressupostos da verdade.

*

Teu óleo me consome. Flecha iridescente. Estrela
nova em céu de puro ardor. Um raio inquieto. E a
nuvem túrgida se esfaz.
Mais luminosa a pele a cada poro.

*

O sono cintilante da manhã e o líquido cristal de seu
orvalho. No bosque de romãs adolescentes, dois
corpos se desmancham e se entrelaçam.

*

Um piano avança dentro da ressaca. As cordas úmidas
e amotinadas. Pressiono fortemente os pedais e
amaino as velas ao furor do temporal. Dispersas
nossas armas a bombordo, tuas sandálias livres, o
blue jeans. A pele sabe a fina maresia. O piano atinge
o fundo do mar. Morremos lentamente em camadas
de azul.

*

Demandas inconfessas. Precipícios. Madrugadas.

*

Na lúcida tormenta dos lençóis, tingimos nossos
corpos de sanguíneo.

*

A luz tangente dos limões fere meus olhos. Desfaleço
do mal de amor. Já não me atendem novas dádivas.
Sondo o refúgio das sombras e a muda provisão da
claridade.

*

Teu ventre acolhe estrelas matutinas. E a memória
não se apressa em apagá-las. Ao plenilúnio segue a
escuridão. Minguante meu desejo igual ao corpo.
Sem lume agora. E sem volume.

*

Abismo de palavra em branca superfície.

*

Um sol que me arrebata às Tordesilhas do desejo.
Volúpia de uma súbita paixão ocidental.

*

A voz imutável nos lábios da noite, quando se
esgotam as potências da luz abissal. Teu olhar medeia,
insólito e perdido, a fome da distância.

*

Uma estranha e impiedosa voragem. O pranto azul de
Lot. Baixam as aves migratórias do desejo.
E tudo se transforma em pedra e sal.

NOTAS

[Deixai a dissonância, ó vós que entrais. No oitavo céu] – p. 31
"*Tu che a dio* [...]" provém da ópera *Lucia di Lammermoor*,
de Donizetti.

[Fomes inúteis, marcas de silêncio, cruel, obstinado] – p. 34
"Céus escuros de metal", do poema "Crepúsculo de inverno" de
Georg Trakl.

[Sondo as entranhas da terra. Selva do corpo adentro] – p. 37
"Fera amorosa, doce inimiga", expressões consagradas na tradição
trovadoresca.

[Aos olhos lúbricos da lua, afundo imotivado na onda] – p. 38
"Como aquela que fulge como a aurora", leve modificação do
Cântico dos cânticos, 6,9.

['*Stamos em pleno mar*, longe dos astros. Cravados] – p. 38
Em itálico, trecho do célebre "O navio negreiro" de Castro Alves.
Tintim e o *Ramona* figuram em *Carvão a bordo*, história em
quadrinhos de Hergé.

[Preso ao mistério das nascentes o curso das ondas] – p. 39
"Fogo branco deitado em fogo negro" é uma pequena variação
talmúdica, transplantada ao contexto alquímico do poema.

[Na lúcida tormenta dos lençóis, tingimos nossos] – p. 41
"Tingimos nossos corpos de sanguíneo", releitura do verso de
Francesca da Rimini, na *Divina comédia*.

[A luz tangente dos limões fere meus olhos. Desfaleço] – p. 42
"Desfaleço do mal de amores", do *Cântico dos cânticos*, 2,5,
segundo Teresa de Ávila.

MERIDIANO CELESTE

A melodia das Romas que se gastam

Bem sei que as partes
    que me cercam
    não me atendem

que me debato
    num exílio
  de fontes e cuidados

que sonho a cada instante
            um vento que me leve
  para outro mundo

esse outro cada vez
        mais outro
  e mais distante

Sei que me esperas
    junto ao nada
    onde fundaste

uma demanda
        de torrentes e de espinhos

Como aderir
    às rochas nuas
    e às estrelas frias

de teu mundo

que segue além
        desse meu vasto
        desamparo?

Trago um deserto de pedra
   e areia dentro de mim
  e é quanto me basta

Vivo as noites
   sem luar de meu país

e suas províncias
   não aspiram senão
à paz romana

   diante dos conflitos
     que me arrastam

Levo em silêncio
   um pacto
     de armistício

às jovens cidades
 que moram
   nos ermos de mim

     e tramam
        rudes sedições

O meu país se move
   entre esperança
e desencanto
   algo que procuro
e de súbito abandono

arco
e
flecha

pedra
e
nuvem

        Não espero e nem desejo
a secessão de meus estados

mas a beleza da mulher

        que me beije nos lábios como um deus

*

Minha escuridão
tem fome das andorinhas
        que cruzam
o céu

    indevassável de seu corpo

*

A carne indaga o seu destino

os estados do império e suas pálidas
fronteiras

          Os mongóis avançam
cada vez mais destemidos

A carne indaga o seu destino

E o tsar
      de todas as Rússias
defende

     seu império
         das últimas procelas

*

Formas intangíveis
          para as quais

se volta
         essa imprecisa

    fome de beleza

*

Nise da Silveira

I

Dedos de El Greco
olhos vivos
           como os de um gato
e suas pupilas de fogo
           mais o brasão da rosa
cercada de espinhos

II

Suas mãos
    regem
um concerto invisível

a chama do inefável
     e o fogo que separa

      o silêncio da palavra

Um vaso de flores
    sobre a mesa

      nuvens carregadas de chuva e assombro

toda a substância é
       necessariamente
               infinita

Deus
ou por outras palavras
            a substância que consta
de infinitos
            atributos existe necessariamente

Ou ainda

e com maior fervor

    entre chávenas ardentes
e o azul de sua voz

da natureza divina
        devem resultar coisas infinitas
                em número infinito

Flores sobre
a mesa

e o vapor do chá formando
        elipses
que nos levam
        às coisas
 mais tangíveis e amadas

Os olhos felinos de Leo

                bebem o silêncio de Deus

*

A noite é fria
   e as estrelas
      brilham ao longe

É preciso sofrer
a vastidão
como quem se entrega
    ao sacrifício de um deus

Passei da insônia
     escura
ao candor
  da Via-Láctea

São tantas e tão diversas
   as formas
de sondar a beleza

o Cão Maior
   e a estrela Sirius
a mais brilhante de todo
firmamento

Antares
rival
  de Marte sendo outro

      seu vermelho quase
          tão forte e vivaz

Sagitário
com seu arco
         esplendoroso

         e as vastas nebulosas

que se adensam
          da cauda do Escorpião
aos braços
       do arqueiro

a nebulosa da Lagoa
a Trífida   a Ferradura
e outras muitas
           como a M 55
Meu sono químico
      se perde no silêncio
onde ressoa a mais profunda paz

E vem

antes que Lúcifer desponte
          rompendo a escuridão
      com a força de seus raios

    antes que Lia
           volte a perseguir
    com seus latidos
        gatos mariposas

Hei de voltar sereno
        aos braços da manhã

para caçar as formas
        da beleza

mais funda e mais severa

*

Sâdî

Seus versos
        vagam ao vento
                e seguem

  além dos lírios
            sob o clarão

                sereno do luar

Rabat, 1993

*

O Nariz do Morto

Como dizer Villaça
      os medos
    que devastavam teu coração?

O mosteiro errante
      ao qual pertencias
   e para o qual não sabias voltar

Monge sem mosteiro
     saltimbanco de um
  circo místico

O perene abandono
    de deus
  e dos homens

sob cuja
    sombra inquieto
te guardavas

Esse crepúsculo de amores
     não vividos
e tua anfíbia

condição de céu
     e terra pecado
e salvação

Essa memória
    impenitente
    era teu inefável luminoso labirinto

a luz
         de que surgiam
         os mortos

para tomar café
         todas as tardes
    na praia do Flamengo

Teu coração
      feroz
      e compassivo

e os mortos devastados
         redivivos pelo deus cruel
         e solitário da memória

Das sentenças
         de Abelardo aos livros
         de Gilberto Amado

das cartas de Alceu
         aos poemas
         de Drummond

  Um deus que não sabia
         nada de si mesmo
    preso às teias de um fatal esquecimento

na tirania sagrada
         que impuseste para esconder
         as formas frágeis de teu rosto

Tuas palavras tendiam
      ao silêncio transformadas
de há muito em estrelas

e um anjo precisaria
      arrancá-las de teus olhos
  antes que se dissolvessem

na luz
  das coisas
fundas que alcançavas

Mas ele não veio
  e te salvaste apenas
     das atrocidades do mundo

não do abismo
     de tua vasta
    mortal delicada inocência

*

E a barca do sol
arde
    em chamas
ao tocar
    de leve
o planetário de Deus

*

Ah mundo
                  vasto

que se   desvasta

        e se condensa
de sonho
            a sonho

*

Marco Lucchesi
        é o nome
    de uma nuvem

árdua pluriforme
   ligeira
e imperscrutável

que se desmancha
         na medida
em que se mostra

Tão maleável
  como
     um serafim

tão
  orgulhoso
   como um paquiderme

        Um poço
estranho
  mudo
    e longilíneo

O medo para
  fora   e o grito
    para dentro

Marco Lucchesi
                    nuvem
paquiderme

            fera abismo
        sem fundo
                    anjo da terra

Monstro de
        cega   e   fatal
                    contradição

*

Hospital Santa Cruz

I

Constança foi ao céu me visitar

    seu vestido era verde
como as pedras
    de Itacoatiara

Trazia nos olhos
    um canarinho
um buquê de flores
    e os seios de minha mãe

Soprou em meus pulmões
    como quem salva um

    afogado

nas terras ínvias do coração

inundadas
    de pranto e algaravia

Deitou ali todas as flores
    como se fosse o Éden
num céu terrivelmente
    azul

(havemos
        todos de ressuscitar
um dia sob esse mesmo

        azul)

O vento de meus pulmões
        canta e silencia
recua e avança

Não escondo minhas lágrimas
        Jesus também chorou
no Jardim das Oliveiras

A vida é um arquipélago
        de amor atormentado

uma Roma
        que se debate em delírios

enquanto espera
        a chegada dos bárbaros

ou a vinda
        fulminante do Messias

II
    para Marcos Mendonça

Vestígios de mar
    na cerração do hospital
  vejo as costas de Benin e
        Moçambique

Sou um navio
      desapossado
preso a liames
   e cordoalhas

Içam
da garganta
   a âncora
que baixaram na madrugada

A voz
   do médico
         ao longe

você sabe
      onde está?

Claro que sim
   estou
em mar português

e o Patriarca de Lisboa
   manda lembranças
     ao Samorim

III

Eli Eli

um aquário
            em seus pulmões

tubos e sondas
            cravam-lhe o corpo

no madeiro

o centurião

            atinge o pericárdio

e o pai abandona

            o próprio sangue

aos equinócios da loucura

*

Um vulto

        invisível

no sono

        me desvela

o úmido

        segredo

das palavras

★

Farmácia
A quatro mãos com Marin Sorescu

Eu nada sei

    do mal de que padeço

e todavia confesso
    o que me aflige

Sinto dores fortes
    quando vejo o azul

a beleza me fere
    espanta e fascina

o passar do tempo
    me dá vertigem

e me prende

    em suas teias irreversíveis

os pássaros me deixam
    intranquilo no ocaso

e quando vejo seu rosto

    meu coração dispara

Preciso de um remédio

    que dissipe meu ardor.

★

Um acorde ao piano
   e a leveza de tuas mãos
   aveludadas

Irredutível
      o modo de pousá-las
      como pássaros migrantes

no horizonte
claro-escuro
      do teclado

Melodias
  que me visitavam
        na infância

e que seguiram
    pelas noites
        tantas em que
  voltei ao piano

sob o clarão
    da lua que sonhavas

E a partitura
    tenho-a frente
  aos olhos

mas
   nesse mesmo piano
         falta-me
a chave
    de silêncios e trinados

Não os da música
   que estão
   onde devem estar

mas o modo
de chegares a Debussy

A tua digital
  no plano
      das secretas
harmonias:

as águas claras
   da Toscana

os bosques
   da Versília

e tua difusa feliz
   melancolia
   quando te davas
   a contemplar a noite

na longa profusão
       de teu olhar

Ao vivo
   sobressalto
a que me entrego

não vejo
   o piano   a lua

e nem tampouco o céu
tão tímido de estrelas

mas o modo pelo qual
                    tento
            o segredo de uma forma
            que me sustenta e rapta

*

E se deitava

        como poente

                    nos longes de mim

*

Ester

O revérbero de luz
   em que te moves

Sol imerso nas águas
   de minha vida

(a solidão infinita que nos
   separa da Misericórdia)

Todos os dias
   partem os mesmos
   cruzados para Jerusalém

E a promessa de uma vida
   límpida
      e serena

surge
      nas vastas
solidões meridionais

*

Creio na minha fome
      na demanda de todas
as fomes
      e em seus atributos
    de espanto e loucura

Creio na substância
          infinita
e em seus possíveis
        modos transparentes
e fugazes

Creio no corpo feminino
      nas formas nuas
que me salvam
      do silêncio

Creio nos pássaros
    que voam
bêbados de ocaso

Creio nas rochas
     que fundam
  minha esquiva paisagem

Creio nos horizontes
    do nada
    em que deus trava

 para sempre perdido
      o mais rude combate

Creio no universo
        abrasado
de paixão e delírio.

Mar del Plata, 1993

*

Lendo Gibbon

I

No triunfo
das glórias e das gentes
a melodia
das Romas que se gastam

II

Ruínas insistem
náufragas
de sua perdida glória

III

Tão distante
de mim e de Roma
essa Roma em que Cristo é mais romano

Caminho
na praia da Boa Viagem
depois do Forte do Gragoatá

A Baía da Guanabara
  resplandece
  de modo incomparável

Uma luz
   radicalmente
   brasileira

conclama os fortes
           portugueses
     para que guardem
       essa líquida nação

             Os olhos perdidos
dos primeiros homens
       e as formas prístinas
    da claridade

Será preciso
defender
a poesia da terra
escura da abstração?

Volto
para os livros
          silencioso

       Abro
Farias Brito
        e leio
num misto
 de encanto
      e assombro

dentro da luz
     nos movemos
agimos e estamos

é dentro da luz
    que tudo se passa

é pela luz
    que tudo se explica

trate-se de um corpo
    de um fenômeno
observado
   na natureza

é figura
   traçada pela luz

trate-se
   de um fato
   do espírito
humano

é luz percebida

*os homens
e quaisquer
outros seres*
da natureza

*são apenas
centros
de percepção
da luz*

*o sol
a lua
e as estrelas
todos os corpos luminosos
do espaço
infinito
são apenas*

momentos da luz

Fecho o livro
e sussurro

na penumbra

sons impronunciáveis

Ouve Fernanda
a noite
desce
    escura
sobre a Guanabara

Свобода Бочварова

Вхожу я в темнъе храмы
А Блок

всю жизнь всю ночь
    и вопрос о родине
    и где и когда

быть можеть

    в небе за рекой
    на заре
    в сердце слова

я знаю и жду
    ясней горизонт

родина моя
    на сияющем образе Христа

*

Svoboda Bachvarora
Vago por templos obscuros
A BLOK

Vida   noite
    e a questão da pátria
    e onde e quando

talvez

    no céu   além do rio
    na aurora
    no coração da palavra

sei e espero

    claros horizontes

minha pátria
    resplandece no rosto de Jesus

*

Ah! essa penumbra
em que Vênus
        desvanece

Tarde que se apressa
montanhas ao fundo
e pássaros
        do tempo

As formas da beleza
demoram
        no silêncio

Mas como desvelar
o belo que se perde
        na penumbra?

O torso delgado
        de Afrodite
a palma suave
        de seus pés

os olhos verdes do Egeu
e o perfume
        das rosas
nos jardins

        suspensos

Essa penumbra
que se abate
        no Ocidente

Bebo os raios
 últimos que emanam
 de seus olhos e mais
            não peço

Pois sei que a vida
 reclama obstinada

       suas parcelas
       de infinito

*

Seu corpo
trama e destrama

a forma imponderável que nos rege

    Caracas, 1995

*

Rûmî

A lua resplandece
        majestosa
como a fúlgida
        espada de Djelal

   Cairo, 1996

*

Meu Conflito
   para Ilza

De céu a
        céu
eu me perdi

     na selva
prodigiosa

     dos sentidos

Ah como adivinhar
   o exílio
e partilhar saberes

     e destinos

    mais livres
        e celestes
no seio
        do ultracéu?

Saí das vísceras
        do inferno
para abraçar
          as feridas
que me devastavam

(as mágoas
   do demônio
      e o modo pelo qual
sabia
   vastas
regiões da *Comédia*)

Sonhei
patamares de amor
      tanto mais

altos
quanto mais
versos
        reclamava de mim para mim

Em Dante
         o puro manancial
de meus conflitos

a telemaquia com a qual
            me debati
    vida afora à procura de Ulisses

as línguas ambas
que me pronunciam
            desde a infância

Olhares transidos
      de terra
         apelos de fogo
               demandas celestes

Hoje
      livre de tantas orfandades
e tendo   apenas
         Dante   como pedra

vago

nas páginas do Livro
         em que despontam as coisas
que se mostram livres
         e dispersaç pelo mundo

unidas por amor
         num só voλume

Esse tão vasto
amor
         que move o sol e as estrelαs
                  e se desvela   inopinado

aos olhos
         dos que passam
das pedras
         para as nuvens

das formas intangíveis

                  ao rosto   de Beatriz

*

As Plêiades
        Desabam
no seio fatídico
            do mar
náufragas
        do amor de Safo

*

O segredo mais fundo
        do que somos
     e das coisas que nos cercam

a natureza é deus pensando

*

Irrompem sediciosas
    as palavras
olhos e crinas
      varridos ao vento

Tão ávidas
    palavras
        que se agitam

nos látegos
    de sombra e rebeldia

Galopam
  sobre o casco
        dos sentidos
e acorrem
    à planície
   amanhecida
        inarrestáveis

como se buscassem

      o deus
   inacessível
      dos cavalos

*

Salesianos

I

Templo solar
＿＿＿da perdida
juventude
＿＿＿＿que me acolhe
nos sonhos
＿＿＿＿e abismos
que formei
＿＿＿＿de então a partir

II

ao centro da nave
laudes
＿＿matinas
e segredos
pedras
＿＿＿vitrais
＿＿＿＿＿e abandonos
(alturas
＿＿＿de um país distante)

III

V = H. d

Órgãos

        e padres

                voadores

       nas fugas

             de Bach

             e das galáxias

IV

Barco ébrio
   de meu passado
   porto e destino

A rua mariz e barros desde
   a comendador queiroz
   a gavião peixoto
       a avenida sete

e outros mares e lagoas sublimadas

A torre da igreja gótica
        é o marco da travessia
        em tempos de indecisa aurora

Uma névoa espessa
        cobre as velhas
casas de Santa Rosa

Levo as formas
que invento   para explicar
numa sentença   o cosmos

Amores
        breves
como fogos de santelmo

(melodias
        que me tomam
        e golpeiam o coração)

e máquinas do tempo
        para fugir
        da gleba de precipícios
    em que me perdia

As primeiras luzes
        de minha vida
        e a claridade tímida do outono

Os carros velozes
    abrem suas velas
sobre o mar de asfalto

E os sinos gárrulos
   da igreja assumem
   um silêncio inabalável

O cristo-peixe
     nos sabe
cardumes
   levados
para as sublimes

   regiões

do esquecimento

v

Clamo
pelo
  rosto de Apolo
nessas
    ondas
de bruma
    pedra e asfalto

*

Aquele azul
    quase invisível

reclama
  outro mais fundo
      e impronunciável

*

Bernini

O hímen de sua vida
partiu-se

                em deus

flechado   pelo rijo

                fogo da ausência

*

No céu sublime e raso
        de um amor

não sendo
em noite escura   e grave
        de impressões
um deus   luniminguante
    se consome

nas fúlgidas potências
que regem o ainda não

*

Orquídeas
    resplandecem
        no quintal

A geometria
  de fogo
    de suas pétalas

e a forma
  do silêncio
    em que se apoiam

Trago
    o coração perdido
  e os olhos tersos
    da breve epifania

Toda flor
   desponta
    no seio do silêncio

e ao seio
   do silêncio
   acorre e se dissolve

Lembro
        de Hardy
indo ao
             fundo
silêncio
    dos gregos

Teoremas
   cheios
  do frescor e da beleza
     de quando foram descobertos

Dois mil anos
    e sequer
  uma ruga
    em seu puro semblante

(Euclides
   e a infinidade
   dos números primos

Pitágoras
   e a raiz quadrada
irracional de dois)

Os desenhos
            do matemático
e do poeta devem
                ser belos

                Flores
                    teoremas
desmaiam
                em súbitos

   jardins

A beleza é a primeira prova
        da matemática

*

Obrigado
   céu em chamas
   infância melancolia

Obrigado
   gerânios antúrios
   quintais infinitos
   praias do Leme e Arpoador

Obrigado
   rádio relógio
   movendo meus anseios
   e eu não dando pelas horas

(depois do sol
    quem ilumina seu lar
    é a galeria silvestre

Obrigado por tarefa
    tão sublime
essa de iluminar
todas as casas)

Obrigado
    parque xangai
largo da penha dezenove

Obrigado
tardes e madrugadas
    bazares especiarias
    amores e devaneios

Obrigado
    línguas e povos
    de todos os quadrantes
objetos do céu profundo

    anéis de Saturno
crateras da lua
    e espinhas no rosto adolescente

Obrigado
    febres pela herança
    de torpor e imprecisão
que deixais ao partir

Obrigado
>   Vieira e os dias
>   que passei guardando
> as armas
>   de Portugal contra as de Holanda

Obrigado
>   sonhos noturnos
>   igrejas barrocas e mesquitas
> primeiras orações e terço azul escuro

Obrigado
>   cães gatos passarinhos
>   que por mim passaram
>   e me fizeram mais sutil

Obrigado
> inocência que me resta
>   e cinismo que me atenta

Obrigado sangue
>   difamação joelhos feridos
>   ao cair da bicicleta
> e de há muito cicatrizados

desertos e façanhas
>   breves e bizarras
>   mas que me são
> e me atravessam

Obrigado
           amigos
    não tenho palavras e silêncios
          espadas flamejantes
e mares de calor

Muito obrigado
          obrigado de verdade

Marco Lucchesi
        agradecido

NOTAS

[*A carne indaga o seu destino*] – p. 49
Verso de Abgar Renault.

Nise da Silveira, II – p. 50
Em itálico, trechos extraídos da *Ethica* de Spinoza.

[E a barca do sol] – p. 58
"o planetário de Deus", frase de Carlos Pertuis.

Hospital Santa Cruz – p. 61
Poemas vividos no Hospital da Beneficência Portuguesa, em Niterói.
De Temperley, o primeiro verso: de alguém indo ao céu.

[Caminho] – p. 74
A citação de Farias Brito foi extraída do livro *Finalidade do mundo*.

Свобода Бочварова / Svoboda Bachvarora – p. 77-78
O primeiro poema foi escrito em russo, língua essencial da escritora búlgara radicada no Rio, de confissão ortodoxa. O poema seguinte é uma autotradução. Literal.

[O segredo mais fundo] – p. 85
"a natureza é deus pensando", frase de Farias Brito.

Salesianos – p. 87
$V = H.d$ é a fórmula da velocidade de fuga das galáxias, sendo V = velocidade, d = distância e H = constante de Hubble.
"máquinas do tempo": As Curvas de Tempo Fechado de Gödel e as viagens não convencionais.

[Orquídeas] – p. 92
Em itálico, uma frase do livro de G.H. Hardy, *Em defesa de um matemático*.

[Obrigado] – p. 94
Dois anúncios da Rádio Relógio: *Parque Xangai Largo da Penha 19* e *Depois do sol quem ilumina seu lar é a galeria silvestre*.
O poema parte dos agradecimentos do poeta Oliverio Girondo.

CLIO

Para Rosalie Baptista, FC

Prólogo febril

A história é poesia em escala mais ampla
JACOB BURCKHARDT

Índias

As praias livres de Coromandel.
E de repente
Começo a perder-me no golfo sinuoso
de teus seios, Déli: sublime / selvagem.

Sob este céu azul da Prússia
como terra molhada pela chuva
eu bebo tua férvida nudez.

*

Sebastian Inn

No quarto ruidoso do *Sebastian Inn*: manchas amarelas/
                                                [verde musgo:
dois tragos de soda e cigarros.
                Súbita dor de cabeça. Febre vermelha.
Procuro
no espelho do hotel
                a fonte em que se apuram meus enganos.

*

Déli

Vermelho fim de ocaso
o sol pôs-se a brilhar sobre a cidade antiga
                    Havia apenas flores mortas
               nas ruas inquietas de teu coração
       Tão rija a noite, como a pedra,
              e tanta a sua beleza: sem almas e
demônios que dissolvam o escuro dédalo
por onde choram nossos olhos.

*

Vida

Amanhecidas tentações
    prelúdios de treva e adesão ao corpo. Moldá-lo
        na luz de sua antiga juventude
            amada pelos deuses.

*

Impressão

O corpo de Laura
banhado de nuvens, corais,
      bosque de sedução para os olhos meninos, que não
                                        [sabem
onde melhor possam empregar a vista.

      E todavia era uma parte de amar:
um sonho, uma impressão evanescente.

*

Hotel Adis Abeba

Um animal feroz e arredio: um fiat vermelho, de altivos faróis,
tração nas quatro rodas, a cuspir centelhas. Devora
as palmas da glória
                olhos de lince/dentes frementes.
Pérfida flor, que se despenha
incisiva, em queda impressiva.
Chego ao *Adis Abeba*:
bordel de putas inquietas, que bebem, sôfregas, taças de fel.
      A história é uma esfinge a erguer atrás do sol
as velhas pálpebras.
        Sou um cliente sombrio/outonal.
    Quanto te devo, pérfida Clio?

*

Dissoluto

Ruge a fera impura no fosso dos milênios,
        muge ríspida e escura a trompa dos séculos.
Um copo de licor *Preste João* – e seu rumor de áspide rubra
        Dissoluto licor/dissolvente:
        a poesia é o mar vermelho do real
        afoga-se a quem busca a promissão

Clio

*com muita razão e causa temos fundada uma parte
de nossa obra na arte da marinharia.*
Esmeraldo de situ orbis, DUARTE PACHECO PEREIRA

*[...] And immediately
Rather than words comes the thought of high windows*
"High Windows", PHILIP LARKIN

Passar de céu
　　　　　　　a céu
　　　migrar de pele
　　　　　　　a pele
　　　saltar de sonho
　　　　　　　a sonho

　　　Um fio de ouro
　　　　　　　e sangue
　　　　　　me desvela
　　　a iminência
　　　　　　　de algo
　　　　　　que não sei

　　　　　Breve　longo
　　　　　　　raso

　　　　　　　fundo

　　　　　　　abismo

   vago
       da palavra
       mundo

            Meu pensamento
            é um porto
            de conjuras e naufrágios

          No imo
     das subidas
              profundezas
      agarro-me
             aos cabelos
            dos sentidos

Um torvelinho
        voraz
        e veloz se abate
        nos veios de mim

                                        Perdidas
                    no caminho
                    para as Índias

                                                    passam
as naus
                desertas
                pela noite escura:

afogam-se

                    oficiais
                    corsários
                    capelães

            Nas ondas
            frias
            desse mar
            sem fundo
                            com seu colar
                            de verdes
                            algas
                                            surge
                                            o espectro
do rei de Portugal

    e sorve
  como a noite
        o fundo vago
         do não ser

      Bebo
      o silêncio

  da lua
  a pele
     e seus apelos
    de pedra e chama

  e brasa

Bebo
  a insônia
      dos gatos e a fúria
    dos deuses que se apressam
     do ser para o não ser

    Vogo nas águas do golfo
                da infância por onde
                    mil línguas
          de fogo se agasalham

           em seus remansos

ilhas e gamboas

    Como chegar

          ao tempo-quando
             de todos
          os meus ondes?

O capitão-mor
    das analogias de el-rei
          sabe como são falhos
          e precários

      agulhas portulanos esmeraldos

              e como não
              traduzem
              onde
              e quando

                         os marcos
              e fronteiras desse império

Por termos   nunca usados
     nem   sabidos
                                              procuro
       teu   semblante
                             ao norte
                   de uma febre ardente

                                      e a lœste
                         de uma dor impronunciável

        Não tenho novas
        de bandarras
                            que se tornem
                                 profecias
            nem de quem possa
                    desatar
            o quinto império
                        da névoa espessa
                  por onde
                  se dissolve
                  a língua em que me afogo

    Na banda sul da linha equinocial
            cada ponto
        no mapa é síntese
                de sonho e sangue
As cartas de marear
              mal sabem
de abrolhos   tempestades
             naufrágio

e perdição

        Vejo da gávea

os cimos

do Sanir e do Amaná

                ] ébrio
    nessa perene

    volúpia
          de espaço [

    na bruma

            que se abate

                        sobre torres

                    sentinelas e atalaias

Vou para o delta
                                feminino

                            da linguagem

        onde pousam as

    naus pera fazer aguada
                    :

                                púbis vermelho
                                    raiado
                                    bosque
                            de perdas lancinantes

Ó ilha verdadeira
                            que as latitudes
                    não atingem
                            em seu perene desestar!

       Um feixe

          de prodígios e visões:

                nas enxovias de Fez

                  entre o Mar Roxo e Pérsio

                    em Lalibela

     nas praias
       livres de Coromandel

       E nesse mar

            de pedras bem fragosas:

              a carta de achamento

                onde me perco

Não tenho
    novas del-rei
    apenas
    indícios

Sigo a espessura
                    da sombra

          e a quadratura do real

    ] e se não sou mais
    de mim quantas partes desse
    não ser-me já me disseram
                  adeus? [

          Terra de silêncio
          ventura e promissão

E
quando começo
a buscar

    :   mais longe
                              me vejo

Sou um vassalo

da língua portuguesa

                                       e guardo
no erário da memória

o desassombro

                                   das feições de el-rei

Trago nos olhos

o clarão

de um mundo inacabado

Ah! se os de Hespanha

soubessem

como as Áfricas

famintas

se afligem nos teus olhos...

     Padeci grandes
fomes e sedes
e as esquadras
        de el-rei

já são partidas

  :

    Sou filho
   das marítimas
         distâncias
na volta do eu infante
   ao brilho
   do graal

   Sei que o tempo   é um mar
          sem fundo
   e livre de baixios
   que se percorre
em braças e jamais
se acaba
        em léguas
        olvidos
       e ladezas

   Não se retrata
   da erronia em que se perde
   nem é matéria
        de firmado magistério

       As mãos sempre
  vazias
         perdulário

      e os sonhos náufragos   ,

  que se despenham

      por suas colaterais
          constantes rochas

O tempo flui
    por angras e baías
   em seus distantes
     braços   afluentes
      por onde
        passa a líquida vertigem

  O tempo é um istmo
          que avança

    noite adentro

   e morre   no longe

   incerto

   das passadas coisas

Migrar de pele
     a pele
   saltar de sonho
        a sonho

       Não tenho
   novas del-rei
   apenas
        indícios

Breve   longo
     raso   fundo

   meu reino
        vive
     a dar palavras
      ao mundo

        O nome Sebastião
                                    é um maço
      de ausências malferidas
                                   um feixe
         de prodígios e visões

Sigo
    os despojos de el-rei

                nas noites límpidas

em pleno oceano

            pelos sertões

     bravios do Brasil adentro

                nas costas

    rudes da Mina

          por onde passam

búfaros gazelas alifantes

        Não tenho
                novas
                del-rei

        apenas indícios:

nas montanhas celestes
                do Preste João

    nas terras pingues

                e abundantes do Brasil

        por onde avança
                mais disperso
                        o Desejado

        Flutua

                        em precipícios

            a palavra Sebastião

                    e morre a cada frase

          em que renasce

                         nos dilatados
          longes
                         dessa língua

               de cravo perfumada
                              e de gengibre

2009-2010

Insônia

a whole day's journey high, but wide remote
Paradise lost, MILTON

Cartago

> A insônia e seus resquícios:
> soníferos, migalhas
> Desabam os fenícios
> os sonhos e as muralhas

*

Ofício

a superfície em que vou imerso
                    esta
              e não outra

              minha profundidade

*

Sono branco

assoma
no seio
da tarde
          afogada de espanto
          e de luz

*

Fragrância

esse esplendor
primeiro

essa fragrância
antiga

desposam-me
num sonho   incandescente

*

Esconder

seios
púbis
tornozelos

          a beleza reclama
        o alvor da superfície

   ] indago
          :

se *a natureza*
ama esconder-se? [

★

Miopia

teus olhos
doem
         fundo
       em golfos
   distantes
  e enseadas

★

Camões

mais
belo
sol
quando
te
pões
nos rubros
mares
de Camões

*

Espessura

        a selva
espessa

do indeterminado

tangida
          de secretas
           harmonias

*

Trevas

sujo de silêncio
ébrio
de silêncio

      :

aclara
as úmidas

cisternas
do coração

*

Ópera

personagens de
um drama dissonante

      :

deus e o nada

        ] e o coro

  de fantasmas desafina [

*

Perdão

a volúpia
da queda e seus rebanhos
na selva de perdão e analogia

*

GPS

essa angústia
      de não

        saber

me

    onde

me

sei

*

Contraste

as cordas

                              tensas
                           do destino

e o fundo

claro

dos teus olhos

*

Incerteza

essa nuvem
escura
densa e difusa

        haverá
           céu
    esta noite?

*

Luz

modula
a pupila
nas trevas
    o raio
    do poema

em sua
tão densa
luz

*

Tigrínia

a noite escura
das origens
      tecida em amárico

ou tigrínia.
     a língua de babel
       :
      e a cada
       pedra

o fervor
das palavras

*

Gênese

a leve
inclinação

na chuva
de átomos

*

Dormir

um todo que se agrega sem fronteiras

*

Memória

Uma porção intermitente de beleza:
             de pronto
me abandono
às linhas sinuosas

*

Violais

a névoa
   adentra os violais do sono:

o casto meio-dia
   e as trevas sensuais

*

Muitas

nos meus domínios
insones

a gente
é pouca

e as alimárias
muitas

*

Sereno

órfão do mundo
                         e dos astros

livre
de herança
       e desfavor

*

Onda

a maresia
à beira
página

     :

molhe
onde
se rompe

a onda
espessa
da insônia

*

Ensaio

teu corpo
um mar
                    de propriedades transcendentes

*

Não dormir

eu me dissipo nas coisas que congrego

*

Vigília

deve-se ter grande aviso
e vigília quando
se passa

o cabo
tormentório

                                  dos sonhos

*

Confissão

Sou da pátria de fronteira
rei de Portugal e Algures.

Um monarca desigual
sem arautos nem bandeira.

Réu de Algarves Portugal
rei de Algures e Nenhures.

*

Noluntas

Pássaros
insones

na ruiva
                        consonância
                          do silêncio

*

Lei

tudo
se
perde
:
só
não se
perde

essa
vontade
de perder

NOTAS

Prólogo febril – p. 102
Escrito entre dezembro de 2013 e fevereiro de 2014, entre Lima e Nova Déli.

Clio – p. 107
Trata-se de um poema único, dividido em microrregiões. Deve ser lido sem interrupção. Escrito entre 2008 e 2009. Terminado em Riade. Os títulos do sumário resultam de uma visada meramente geográfica.
"*agulhas portulanos esmeraldos*": citações dos livros *Esmeraldo de situ orbis* e *O tratado da agulha de marear*.
"colaterais / constantes rochas": provém do *Tesouro descoberto no máximo rio Amazonas*, de Padre João Daniel.
"terras pingues / e abundantes": parte do poema "A assunção", de Frei São Carlos.
"Dilatados / longes": de Camões, através de Rocha Pita.

Insônia – p. 125
Escrito no ano de 2007. Como se fossem velhos cartões-postais, que não foram levados ao correio, com algumas citações quinhentistas.

SPHERA

Um campo de sossego e de abandono
ANTONIO RAMOS ROSA

Compreendo o silêncio da lua
DORA FERREIRA DA SILVA

Sejamos puros!
YUNUS EMRE

Um laço misterioso en
laça e desenlaça
umas às outras as palavras

Atiça e des
atina
o silêncio
das florestas

Move e dis
persa os pássaros in
visíveis que regem
o sentido das coisas

*

Nas praias esquecidas
do poente as matas
se arrefecem de
tormento
E os deuses
desmaiam na distância
exaustos
da promessa que os oprime

*

E brilham ácidos
e sais borbulham
pedras   ressoam
e morrem
palavras no antro
escuro
do alquimista

Ampolas e bacias
o verbo
esplende em mar filosofal

*

Abeira-se
do abismo

com seus olhos
líquidos para saber
onde repousa

o nada

E sempre esse desvão
essa caçada

que o aprisiona em
quedas
imortais

*

E quando
a noite baixa

sublime e irrefletida

não sei mais
prorrogar

a força que me aterra

 Shiraz, 2001

*

Mas se na dispersão
mostravam-se tão
plácidos tão puros

clamando pelo
azul
perdido das manhãs

por que foram beber
aquele mesmo
azul

na fonte
impenitente da verdade?

*

Teu rosto
acende meus sonhos

de reparação

Algo me atinge me confunde e me arrebata

*

Ao vivo coração do firmamento,
em chama viva e tênue claridade,
dirijo meu incerto pensamento:
um singular mistério me pervade
e veste de infinito meu tormento.
Perdidos na profunda imensidade,
no dédalo de fogo e de escarmento,
os astros desesperam da verdade...
Percebo nas alturas, abrasado,
as notas de uma fuga imemorial
e o canto das esferas sublimado
na vasta nebulosa ocidental:
vem, Astro, soberano e deserdado,
reger a dissonância universal.

*

A cada folha
em branco a cada
verso
inexistente
a baba do dragão
e o fero basilisco

*

Monta esse ginete
alado   segue
perdido
para as outras
ilhas   finge

oceanos maravilhas
           procura
amores frágeis

E segue
e finge e sonha

que a deusa
vulgívaga
sorri de tanta sede

*

Um rebanho de
palavras junto
ao rio
e um lobo i
material

*

Olho para nadir
e zênite

de minhas
contradições

e invoco
uma palavra

que me salve
dos extremos

    Florença, 2001

*

A Ibn 'Arabi

aqui me sinto
mais

substantivo e beijo
a pedra

rude
que te guarda

    Damasco, 24 Hégira 1420, Zul ka'adah

*

Metafísica
das alturas

mil anjos servem
um ser escuro

frio indevassável

E já não
consideram
privilégio

viver

junto à vertigem que os devasta

*

Não desejo
outra
quimera além

do mal que
me
consola
e desespera

*

Sobem

inacessíveis

minaretes ávidos

de altura e de infinito

E a veia jugular
mais próxima que os céus

*

As páginas brancas
do livro
do mundo e o sonho
verde
do alquimista

*

Nesse jardim de sonhos indormidos,
em seu noturno e raso movimento,
dobram-se lírios irreais, despidos
de harmonias, levadas pelo vento.
Na mais profunda noite dos sentidos,
as formas desiguais do pensamento
confundem-se com pássaros retidos
nas fontes silenciosas, ao relento...
Se pois neste vergel empalideces,
se temes um planeta mais sombrio,
que favoreça o mal de que padeces,
melhor banhar teu rosto nesse rio:
e assim, quem sabe, Sílvia, não esqueces
as graves ilusões do fugidio.

*

E temo a cada
passo
o encontro que
não sei

*

Companha das nuvens
não sei adivinhar o

rosto de brancura
e analogias

que os cirros
de tuas
mãos acercam

do horizonte

*

Averróis

Me afogo
no mar
da divindade

sem nome
sem
rosto
e quantidade

*

O Boieiro e os Cães
de Caça da palavra seguem
a Ursa
eternamente
e mais
se atrevem na distância

de outras órbitas
nos rútilos
anéis de Berenice

onde
se perdem os contrafortes
da linguagem

A palavra e seu
destino seguem

como
a Via-Láctea

para a constelação
de Hércules

ao sempre
suspirado Cabo Não

*

Esse mar des
provido de azuis e
o mesmo
rosto em toda a parte

*

As nuvens de Oort
e as galáxias
longínquas

E os dias que
se a
diam na
fome da distância

*

E monstros
(e medusas)

se escondem no gélido
jardim:

que teu olhar
não
se arrefeça

e que teus passos
não se arrestem

É inútil
fugir

do abismo
que

te abraça

*

Escrevo sem
deixar vestígios

enquanto busco teus
sinais
ambíguos

*

Prepara atentamente o magistério,
em fontes, pelicanos e atanores,
e acede cuidadoso ao ministério
com ácidos, solventes e licores.
Vigia bem teu sublimado império
de líquidas fronteiras, e os amores
de reis e de rainhas, no mistério
de cópulas ardentes e vapores.
Aos poucos se revela no tugúrio,
erguendo o poderoso caduceu,
a fúlgida presença de Mercúrio.
E sob as nuvens químicas do céu,
na superfície desse mar sulfúreo,
emerge luminoso o próprio eu.

*

Todas as coisas
fogem
de tudo eternamente

e apenas sobre
vive o risco da distância

*

E a soma das distâncias

que me ferem
mal

se compara ao
silêncio

que
me assalta

*

Como arrancar
do nada a pele

do silêncio
o verbo i
material levado

por demônios mais sutis?

*

Não se move
e avança

Não começa
e termina

O seu pensar consiste
em não pensar

Está em toda
a parte e não
está
em parte alguma

É visível e não
se mostra

Seu remédio não
cura

Seu fogo
não arde

Em toda a sua
medida
a desmedida

*

Como perder
se
em tanta claridade?

*

Não há segredo
algum no corpo da
palavra

Ou antes
ao combiná-la com verbos
e licores

ao dissolvê-la em
serpes
e dragões

ao sublimá-la
em vivos
atanores

transmuta-se a
palavra
no rebis misterioso

*

Mas e se
o rebis não passa

de um abismo
sem fundo

de um anjo
sem rosto

de um nada
sem Deus

Como atingir
essa
ilusão errante?

*

Deus
e a crisálida

amores
lepidópteros
habitam o amanhã

*

Do rosto não
sabemos mais
que o véu

do caçador não
mais que a caça

É madrugada
e assim tudo

descansa em toda a parte

*

Mais clara
mais fina
e mais suave

a noite
branca
de Casablanca

Mais rara
mais grave
a cada esquina

a noite
branca
de Casablanca

*

A natureza, em seu amor ardente,
no círculo da própria negação,
em ouro, pedra e sal ambivalente,
trabalha na perene transição.
Dissolve e coagula eternamente
a vida, que renasce, em floração,
da morte, como a lua refulgente,
surgindo na profunda escuridão.
Na síntese do velho Magofonte,
a vívida matéria se desfaz
em águas claras, na secreta fonte:
até que inesperada se refaz,
envolta, como o Ouroboros insonte,
num círculo sutil que não se esfaz.

*

A vida toda e a pedra
que não tive

Quem sabe
a pedra

que perdi
foi sublimada

e assim me trans
formei na coisa amada

*

A supernova
que brilha pouco acima

de teus olhos e o café
que se resfria sobre
a mesa   Assim

opera em todos
os quadrantes
a lei terrível da entropia

*

Bebem os lábios
da noite a escura

saliva dos deuses

Surgem serpentes
de mercúrio
e aves brancas

*

Não és
o rio mas seu estado
peregrino

Não és
o vento mas
os lábios que o resfriam

Não és a
estrela mas o
vazio em que

desaba a escuridão

E sendo assim
antes de
tudo não és
nada

*

Além da numinosa
névoa

caminha o padre
Cícero

perdido
atrás da lua

> *Juazeiro do Norte, 2000*

*

Em vômitos
de enxofre

renova-se a
palavra

E o verso
mais sublime e contundente

*

para Ana Miranda

Nas águas claras, longe da nascente,
pressinto uma palavra despojada...
mas ela, cristalina e transparente,
se perde na corrente entressonhada.
De todo desvestido e impenitente,
eu busco essa palavra sussurrada,
em sonho, apenas, quase reticente,
onde se aclara a forma inesperada.
Mas vive em suavíssima aparência
o verbo suspirado e pressentido,
na pálida nudez da própria ausência.
Assim, neste silêncio desmedido,
já se percebe a líquida consciência
de um deus inarrestável e indefinido.

*

E salvo
pelo nada
que me assombra

me
entrego
aos veios
límpidos da noite

*

Reclama o Todo
as suas devidas
partes

Faminto de pro
fundas harmonias
em fogo se transmuta
ácido e espelho

E a parte
contra
o Todo

se dissolve
se consome
e se estilhaça

*

E quando
em mim as
coisas já

não forem hei
de levar
o azul inacabado

de Isfahan
e nele dissolver
me

sem distinguir
onde
começo e onde
termino

Coda

Ein Himmel
Curt Meyer-Clason gewidmet

Der Wortfluss
und das Helle
Wasser des Denkens

Zwei Sprachen und
Ihre Flügel:

Die alt-
geträumte
Babel

Die neu-
gegründete
Sion

Und derselbe
Wortfluss atmet
die Entfernung:

Die Tränen
von Camões
und die Luft
der Sertões

(das
Erdgeschriebenewasser!)

Der Abgrund
und die schwin-
delnde Rettung und
Gefahr

Das erste
Wort des Himmels

Das ungeborene
Antlitz

Wasser für
deinen Tiefsemantisch
-Garten
wo die Uardi
Rosa strahlt

Ein Himmel
und zwei Länder

Ein Himmel
aus dem
neuen
Gestirne blühen

*

Céu (versão literal)
a Curt Meyer-Clason

O rio-palavra e as águas claras do pensamento — Duas línguas com suas asas: — A antiga entressonhada Babel e a nova entretecida Sião — E o mesmo rio-palavra respira essas distâncias: as lágrimas de Camões e a brisa dos Sertões (água escrita de terra!) — O abismo e a vertigem do perigo e do socorro... — O primeiro verbo do Céu... — O rosto inascido... — Água para o teu fundo semântico jardim, onde brilha a Rosa Uardi... — Um Céu e duas pátrias — Um Céu em que florescem estrelas novas.

NOTAS

Averróis – p. 152
"mar / da divindade": a dissolução das diferenças com o regresso à Fonte, segundo Averróis.
"quantidade": *materia signata quantitate*, refere Tomás de Aquino.

[As nuvens de Oort] – p. 153
Distância da heliopausa à estrela Alpha Centauri.

[Não há segredo] – p. 159
Atanores: forno alquímico.
Rebis: produto final da Grande Obra.

[A natureza, em seu amor ardente] – p. 162
Magofonte: pseudônimo de conhecido alquimista.
Ouroboros: serpente ou dragão que morde a própria cauda.

Ein Himmel – p. 170
Poema escrito em alemão para Meyer-Clason, que traduziu amplo conjunto de *Alma Venus*, publicado com o título de *Erwartungslicht*. A prosa, em português, é uma autotradução.

QUARTETOS

Strana pietà!
TROVATORE

Ao amigo Rodrigo Lacerda, quando o mundo era quase uma página em branco, para a nossa juventude, solidária, em busca de novas inscrições.

Caos

Um gato no jardim, olhos azuis,
à noite, nesta praia, sem idade.
Janelas blasonadas para o caos.
A lua não desmente a claridade.

*

Príncipe da altura

A força de seus olhos, intangível.
Amarras de silêncio junto ao cais.
Desata-se distante, inabordável,
a voz arrebatada do albatroz.

*

Domus Aurea

Negra nuvem, aurora à meia-luz.
Céu imaturo. Alvor indefinido.
Antigas pedras, rijas, bem subidas,
apuram a gramática da luz.

*

Inversão

Teu rosto vívido e sem véu,
qual rosa branca desbotou.
Eu te desenho em meu caderno.
Diabos no céu, anjos no inferno.

*

Término

Ontem, desertos. Hoje, nebulosas.
Três horas da manhã. Algaravias.
Fome de solidão. Amadas musas.
Salário da distância: as mãos vazias.

*

Arezzo

Torso desnudo, claro, adormecido.
Segredo longilíneo, atemporal.
A sossegada rosa destemida,
na indecisão fatal do mês de abril.

*

Presas

Hipótese de amar: fruto solerte,
cujo sabor é *sim*, *quase* ou *jamais*.
Uma só vez é já bastante a morte,
nas presas de um vazio contumaz.

*

Punhal

Impura sagração da primavera.
A flor azul desperta em altas horas.
Na fina madrugada, que conspira,
a noite sangra no punhal da aurora.

*

Mensagem
para Cleonice

Não pode teu navio naufragar,
na dura superfície dos abrolhos,
enquanto a salsa rima pervagar
nas úmidas meninas dos teus olhos.

*

Peixe

Por imbricadas ramas,
pressinto a imensidão,
nas pedras, nas escamas,
do fero Solimões.

*

Natal

O rosto: não podemos alcançá-lo.
Insiste, em transe místico, Barban.
Apenas uma sombra, um intervalo,
nos límpidos rumores da manhã.

*

Línguas

Fantasmas guturais da negação.
Os corpos insurgentes despertaram.
Um círculo de fogo e indagação.
As gorjas do silêncio me devoram.

*

Hora presente

Não para de chover nesta cidade.
A voz que varre o vento emudeceu.
As águas correm frias ao passado.
O agora é um temporal que se perdeu.

*

Mathesis

Espólio de um fascínio ascensional:
astros, abelhas, pedras, agapantos,
unidos pelo canto universal.
Antes do zero, a tinta e a folha em branco.

*

Caverna

Sou vítima da noite, negro século.
Já não suporto o sol do meio-dia.
Perdi na escuridão os velhos óculos.
Lavo meu rosto no abismo dos dias.

*

Ramos Rosa

Na solidão celeste,
após o Bojador,
teu verbo se reveste
de puro resplendor.

*

Estrelas mortas

Gavetas semiabertas, malferidas,
onde lampejam astros decompostos.
Tão líquidos, na treva, se dissolvem
e adubam, como sal, a luz do mundo.

*

Deuses
para Sophie Olúwọlé

Passada a tempestade, em mar aberto,
sopeso o coração impenitente.
As ondas crescem altas e dispersas:
oh, deuses que se afogam no Ocidente.

*

Altas horas

Serpentes assonadas assobiam.
Gladíolos de pétalas porosas.
Pálido lírio que agoniza e goza.
Este jardim remoto me anuncia.

*

Proustiana

Guardei comigo as sobras do cigarro,
que a treva desatou por um instante.
No afã de prolongar a noite impura,
pensei que as cinzas fossem diamante.

*

Trovador

Uma canção ao longe me enamora.
A voz saudosa, vítrea e aveludada.
Apresso-me a dizer, *adeus, Leonora!*
Morte de beijo, noiva afortunada!

*

Livre

O orvalho da manhã é teu indulto,
cuja sentença flui em meio à bruma.
Ouve as centelhas de saber oculto:
em toda a parte sempre, em parte alguma.

*

Gregos

Não posso ouvir a voz de Homero.
Seu mar insone, a musa fera.
Hoje navego rente ao chão.
Longe do sim. Dentro do não.

*

Arthur Bispo

O trânsito de deus é uma ilusão.
Abismo onde perdura o labirinto.
No manto universal da redenção.
A lúcida loucura é teu instinto.

*

Ostras

Ó noite, mar profundo, solidão.
Os astros se desvestem como as ostras.
Abraçam rituais de sedução.
Não há maior verdade que a nudez.

*

Bilíngue

Não mais secretos escaninhos,
ferida exposta, nervo e sangue.
Uma canção de amor bilíngue:
a lua e o sol andam sozinhos.

*

Certeza

Eu me consagro a ti, silenciosa
vela votiva, cuja luz cintila
no seio da palavra sinuosa.
Esteja onde estiver, posso tocá-la.

*

Massarosa

Na tarde um solitário
à caça de sinais.
Calado seu império,
desmaiam girassóis.

*

Investida

Sublime epifania,
a língua que procuro.
Mil pássaros desfiam
seu cântico no escuro.

*

Asas

A casa do menino, amanhecida,
passou a estrela pálida, esquecida.
Seu quarto não se apaga: uma ave rara,
que à noite sobrevoa e tudo aclara.

*

Lira

O sol morreu nos braços da neblina.
As pétalas de fogo me confundem.
A noite é uma vertente feminina.
Entoa uma canção, alma do mundo.

*

Orfeu

As Fúrias atravessam a penumbra.
Talvez a flauta doce me ajudasse.
Afundo leve o remo em meio às sombras.
Eurídice desperta. E a noite passa.

*

Tempo

Nas desoladas terras do sem-fim
o laço de quem somos se desfaz.
Anônimo, fiquei sem dar por mim,
na ingrata superfície de aguarrás.

NOTAS

Príncipe da altura – p. 176
O título do poema é uma citação de Baudelaire.

Arezzo – p. 177
Piero della Francesca. Mil vezes na igreja de São Francisco.

Mensagem – p. 178
Cleonice Berardinelli, li para ela, antes que se fosse ao
Cabo Não.

Peixe – p. 179
Da série de viagens às aldeias da Amazônia, com a ministra Rosa
Weber, em 2023.

Natal – p. 179
Sermão de Alessandro Barban, no eremitério de Camaldoli, 2022,
nas florestas do Casentino.

Mathesis – p. 180
Dedicado a Ubiratan D'Ambrósio.

Deuses – p. 181
Pude conhecer Sophie Olúwọlé, meses antes de morrer, aqui
no Rio, na comitiva do rei de Ifé. Penso em seu livro *Sócrates e
Ọrúnmìlà*.

Trovador – p. 182
Ópera homônima de Verdi, entre Manrico e o conde de Luna,
absolutamente deslocados.

Arthur Bispo – p. 183
E seu famoso Manto da Apresentação.

Massarosa – p. 185
Seus campos de girassóis me conquistaram em 2022.

Asas – p. 185
Meu quarto, fim de infância e adolescência, da rua Comendador Queiroz.

MAR MUSSA

> *Grita Ishtar qual mulher em dores de parto*
> **GILGAMESH**

A Paolo Dall'Oglio

Aos mortos da Síria

Morte ritual

Arde em chamas a tenda de Abraão
Os deuses ébrios de festins sangrentos
A céu aberto os corpos ultrajados
E as aves de rapina mais robustas

*

Luz sobre luz

Arrebatado pela noite escura
busca o amor de Leila e Majnun

O lampião efêmero de azeite
que não aclara sua obsessão
provém de uma intangível oliveira

A mesma luz esplende sobre a luz

O negro sol desponta em céu escuro

A claridade é filha do Destino

*

Canção

Um séquito de sombras
olhos de Medusa

O incontornável
círculo da morte

Caem os dentes
podres de Baal

Na falciforme
lua de Ramadã

o sangue
das crianças degoladas

*

Abuna

Teu reino de pastor: bíblia de pedra
No seio do deserto: salmos líquidos
Issa e Ibrahim acercam-se de Paolo
E seu rebanho pasce em outros prados

*

Desconcerto

O borbotão de abelhas dos teus lábios
não atinge a distância dos celestes

Imóveis como pedra indiferentes
o sangue dos mortais é ambrosia

No espelho da manhã despedaçado
os mortos enterram os vivos

*

Damasco

Um vômito de luz
trevas sonâmbulas

Na casa de Ananias
em Bab Tuma

um Hamlet brutal
assalta seus fantasmas

adjacente ao nada
que nos circunscreve

*

Murub

Utur smale kushar
degar vodom madi

Turan zugum vidar
dutaz murub kadi

*

Hesebon

Os corpos das mulheres mortas

Anônimos desnudos sem pudor

Antes acesos vivos como brasa
e agora mudos frios decompostos

Perderam-se da fonte de Hesebon

*

Mãos

As folhas frescas de hortelã
em frágeis molhos

Brumas de sol minguante
em desmedidas mãos

*

Sabaoth

Não há lençóis para cobrir a morte

As lágrimas dos órfãos inocentes
não irrigam as vísceras da terra

O senhor dos exércitos partiu
alheio ao destino dos homens

*

Guerra vegetal

Uma intangível
máquina de guerra

e o lídimo
combate

que se arrasta
entre mouros e cristãos:

o fio das *espadas-de-são-jorge*
a malferida *lágrima-de-cristo*
os híbridos *comigo-ninguém-pode*

E na Jerusalém
das plantas desavindas
já não termina a guerra vegetal

*

Gashan

Arkan balus
dumur anak

Tiran kirus
dazir tulak

*

Motim

As árvores deixaram a cidade

E as sombras naufragaram
como as nuvens
nas ondas negras da melancolia
em mar amotinado de esqueletos

Os destemidos pássaros de Alepo
não cessam de cantar sobre as ruínas

*

Raqqa

Revidou aguerrido:

Fulmina-me agora
mas desse cálice não
bebo uma só gota

Desde então nos divide
um silêncio mortal

*

Diário

Eu atravesso inerme essa espessura
Como saber
quem me dirá por mim?

*

Aramaico

Voz estelar e névoa transparente

Os venerandos ícones de outrora
amanheceram profanados

Um rastro de saliva sêmen sangue

A língua de Jesus agora é fel

Ma'alula nunca mais amanheceu

*

Homs

Sobre a janela do meu peito uma ferida
Não te afastes de mim lírio da madrugada
Acorre à solidão da noite de meus dias

*

Deir Mar Mussa

Acima do deserto
sobrepaira
o carro triunfal do plenilúnio

*

Ishtar

Imáru azem hanur
latus zebab izkar

davam sifur kadir
anum ladis zahor

Nura dikosh taviz
kema shafat deruz

Ishtar, bin alkatash
izkal semin zatush

*

Éfeso

As flores ilusórias do deserto. Uma jovem de
seios delicados e as formas circulares da
espessura. Moradas que se abismam. Nasce na
madrugada a rosa de Palmira. Seguimos para o
golfo da linguagem: a brisa calma e as ínsulas
estranhas. O porto que se estende além da noite.
E o mar se transfigura no deserto. Três séculos
depois numa caverna, Paolo desperta
acompanhado pelos anjos.

NOTAS

Luz sobre luz – p. 190
O título se origina do Alcorão 24, 35.

Abuna – p. 191
Assim era chamado Paolo dall'Oglio.

Murub, Gashan, e Ishtar – p. 193, 196, 199
Três poemas ao longo do livro, escritos a partir de variações criativas sobre a língua suméria. Como se fosse Ishtar, deusa da guerra, quem falasse. Todas as palavras são oxítonas, exceto aquelas marcadas por acento agudo.

Raqqa – p. 197
Cidade em que Paolo desapareceu na guerra da Síria, após o dia 28 de julho de 2013.

Deir Mar Mussa – p. 199
O mosteiro de São Moisés fundado no deserto da Síria.

Éfeso – p. 200
Vide Alcorão, 18, e o livro *Speranza nell'Islam*, de Paolo.

HINOS MATEMÁTICOS

↔
Zahlen und Figuren
NOVALIS

Para Ana Maria Haddad

Para Jose Raymundo Martins Romeo, Renato Beranger e Armando Flávio Rodrigues

Canteiros

Um fósforo desata momentâneo
os fios de uma noite sem estrelas

No céu azul de Samos
voam ímpares

e os pares sobrenadam
nas águas claras do Ilissos

O jardim
o conjunto dos canteiros
a floresta sombria e ilimitada

Como domar a astúcia do infinito?

*

Busca de ouro

As lavras minerais que não terminam
Ouro nativo   e   ganga impura
espólio inabordável entre 0 e 1

*

Solilóquio fractal

Pólen   Lago   Nebulosa

Oscila a chama
de uma ardente exatidão

Lírios   Lábios   Pleniλúnio

E as formas que não cessam
de crescer

Delírios fugazes   Líquidos lampejos

★

Espiral

Ocaso   Aurora
      Sils-Maria

  Um pássaro veloz

se alça   no azul

        ❦

e lança   uma luz

    que ao longe

     se desfaz

azul tão densamente azul

*

Lendo Hadamard

Perdem-se os primos {venerandos números}
quando num bosque em plena madrugada
sob a lira cintilante de Orfeu
põem-se a bailar mais bravos e dispersos

O imaginário
{nuvem bosque pensamento}:
atalho cristalino do real

*

Eros

Serpeiam por difuso sortilégio
dois amorosos números solares
de mãos dadas: o 220
com o 284
Bastou que se encontrassem e disseram
o verso que de pronto os definia:
eu morro em mim para nascer em ti

*

Sede

Eu
me
sacio
nos teus seios

sutil ambrosia
fonte de viva libação

*

Cantor

Uma   rosa   é   uma   rosa
uma rosa   uma rosa
uma   uma
  rosa   rosa
   o   o
  o   o
  _   _
  .   .
    .   .
      ∞   ∞

              Não se

              desfaz
              em bruma
              tanta
              glória
              . . .
              . . .
               .
               .
               .

★

Ilha de Mandelbrot

Nas praias invisíveis do conjunto
a sombra de uma história inacabada
que o véu das águas tímido recobre

Por toda a parte
se prolonga e multiplica
Trema:
tentáculos   ferozes
mudo   abismo

*

Klein R^4

Um copo de água
Morro-me de sede
Meus lábios tocam bordas invisíveis
Uma garrafa ilíquida sem vinho
Adega que se nega à superfície

*

Transfinito

A solfa dos passarinhos madrugadores
e o canto equipotente dos conjuntos
(quase corsários: números sem alma)

Um canto de raízes minerais
que os anjos da cabala tornam

mais   límpido
        l m p d

e   sereno
      s r n

*

Minotauro

A curva elíptica e os pontos racionais
A viva solidão em que se encontra
E só de escaramuças se alimenta

*

A flagelação

A beleza dos corpos e dos sólidos
∀ vértebra das dízimas rebeldes
Alvura de estranhas insurgências

*

$\sqrt{2}$

Em águas claras   mansas   aparentes
flutua a jovem raiz de dois
Intempestivas   gélidas   correntes

Alguém se afoga
na solidão
impérvia dessas águas

em zonas turvas
intangíveis
abissais

*

Diferencial

Uma teia de números vertiginosa
insubmissa e que não cede
ao horizonte exacerbado de silêncio

Centelha que esplandece
aos olhos do futuro

E tudo que *não* diz
é como se dissesse

*

$a + ib$

O vento esfuma os rumos da distância
Flores reversas nuas invisíveis
No sono das antigas profundezas
um maço de infrangíveis temporais

*

Nascita di Venere

Tua nudez em raios de incisiva luz
em sonhos decomposta
números figuras

ó Αφrodite,
os lábios
úmidos de maresia

Corpo sem véu
espuma
assombro negação

*

Indecisão

studio la matematica o lascio le donne?

Suplemento: Math Again

[Once]

Just once, said the poet, just once. Everyone is allowed once.
Though once, it is an irrevocable gift.
The inert hand and the forgotten flowers, the morning mist in the ash of a cigarette.
Bay leaves and pomegranate must. Body without body, the whole advances and the nothing crumbles.
Just once, said the poet, just once. Nothing but once.

*

[No dreams]

No dreams, cloudy and smooth is the sky. Open to see the stars, beyond the milky way. idea-number. and number-idea. the tenth Hilbert problem and the tortoise: rising from the depth. some strange vorticity and solitude. you are unique, my beloved. Try Bach's Cantata 147.

*

[Her voice]

Her voice across my pillow. Holding hands into the night. you can dream a blue deep well. number six and twenty eight are floating in the air. do not forget our lives. and our flesh and heart and bone and soul.

*

[We were both]

We were both easy prey. in your lost orchard, a smell and sign of love. a page of Gödel and another of Plato. we must be unfinished, like sunshine in the mirror. your undeniable face. who is supposed to shine during the winter? take my transfinite dream.

*

[Prime numbers]

Prime numbers: a splash on a wound, a piece of the moon. follow me to the edge of the abyss. without fear, perhaps love. you are a little breathless. empty and forgotten. behind you an ominous horizon. not sure about the past. no certainty. Furstenberg or Novalis. kiss my lips and go forward.

NOTAS

Canteiros – p. 204
Uma leitura do dualismo pitagórico, na interpretação de
Aristóteles, *Eth. Nic.* B 5, 1106 b 29.

Solilóquio Fractal – p. 205
No plano complexo das funções iterativas. Particularmente da
autossemelhança.

Espiral – p. 206
$R = a\theta$
"Sils-Maria", alusão ao eterno retorno de Nietzsche.

Lendo Hadamard – p. 207
Faz referência ao livro *Psicologia da invenção na matemática*,
de Hadamard, sobre o domínio do imaginário na matemática.

Eros – p. 207
Números amigos. Números especulares. A soma de seus
respectivos divisores resulta no outro.

Cantor – p. 209
A poeira de Georg Cantor. Revisitando um poema de Rodrigo
Siqueira.

Ilha de Mandelbrot – p. 210
Trema, na acepção de Mandelbrot, segundo a qual "diversos
fractais são construídos desde um espaço euclidiano, de que
se subtrai um conjunto enumerável de conjuntos abertos,
a que dou o nome de tremas".

Klein R^4 – p. 210
No âmbito da matemática suave, ou topológica, a Garrafa de Klein
em diálogo com a Faixa de Möbius.

Transfinito – p. 211
Anjos da cabala: em virtude da cifra dos transfinitos $\aleph_0$, $\aleph_1$, $\aleph_2$...

Minotauro – p. 211
No labirinto da conjectura de Birch e Swinnerton-Dyer.

A flagelação – p. 212
Sobre a seção áurea do quadro de Piero della Francesca.

$\sqrt{2}$ – p. 212
Hipaso de Metaponto, segundo a tradição, fora punido mediante afogamento, ao "descobrir" e dar a conhecer os monstruosos números irracionais.

Diferencial – p. 213
Sobre a ambiciosa dromologia do cálculo.

Nascita di Venere – p. 214
A beleza incomparável do "Nascimento de Vênus", na Galleria degli Uffizzi, com a sequência de Fibonacci 1, 1, 2, 3, 5, 8, 13, 21, 34, a mesma que estrutura o poema "Sede".

Indecisão – p. 214
Ligeira alteração de *As Confissões de Rousseau* (1,322): "Zanetto lascia le donne e studia la matemática", referido por Casanova e analisado por Freud.

Suplemento: Math Again – p. 215
Quatro poemas, escritos originalmente em inglês, a convite de Sarah Glaz, poeta e matemática, para o encontro anual do Bridges.

BESTIÁRIO

O poeta é uma fera cercada de palavras

Preguiça

Vagarosa e paulatina

    presa

   de um sonho
líquido e fugaz

   como quem sabe
    a queda dos impérios

e seu botim
  de espuma e de aguarrás

*

Girafa

Passeia
        nas páginas

do alcorão sagrado

em
      lindos
     tanques

em

    verdes
    prados

Sufi pernalta
mudo minarete

    Bebe os versos do

profeta

          em vertigem

            de ascensão

*

Pulga

A fome
           infinda

pasce   em rubros

campos

Nas órbitas vazias

      Antares

              reponta
            iridescente
nos vivos

      temporais das Nuvens

           de Magalhães

*

Gato

Lambe

      com olhos

      lânguidos

as províncias
    do sono

    e as feras fulvas

que assomam
no palácio
de Dario

*

Beija-flor

Deus e senhor
    do mundo
    guarani

A frágil sombra

paira

sobre o nada

a desenhar
    antes
      da sede

a flor
  primeira
    da manhã

*

Elefante

Suave
arquimandrita

      flor do plenilúnio

      A solidão amena
      em que te perdes

      e a fúlgida

palavra que te aflige

A tromba hierática
      de Deus
bufando

nas límpidas

alturas

*

Hipocampo

    Vaga
    nas solidões
marinhas

    Mágoa
das estrelas
       pudor
    das actínias

    O sublimado
sonho
onde se salva

      na pátria
de crepúsculos
    perdidos

*

Uirapuru

Nos verdes ramos
  o bel-canto
    apura

Mozart da floresta
  Príncipe
  gentil

À Rainha
    da Noite
não dá trégua

Pois sem
Pamina vive
mais saudoso

*

Vagalume

Sábio
        alquimista
do ouro das estrelas

      Teóforo
da escuridão

Prepara

na vigília do graal

    uma insurgente

        epifania

*

Lhama

Piedade que aflora
    no silêncio
      das escarpas

Tão frágil
   no ilibado
azul
   da cordilheira

*

Hipupiara

Leva-me
    em teus braços
        sereia
     d'aquém-mar

Dá-me a escondida
     pérola
    de tua
     jarra

Afrodite

dos mares do sul

Besouro

Zumbe

      com malhos

      e martelos

contra
      as vespas
otomanas

Protomártir
      das cinzas
de Bizâncio

de cuja
      queda
não tem notícia

*

Tartaruga

Teresa
      mística
    e descalça

No seu castelo
         vígil

nas suas moradas

        ínvias

A monja tartaruga
  que pronta
  se recolhe
       ao rígido
       mosteiro

*

Abelha

Derramam
  as abelhas

     seus tesouros

Assim como eu

  derramo   as vozes
  agridoces   que me assaltam

      nessa colmeia
       de palavras
      e zangões

*

Jararaca

Surge
   um poema
em forma de serpente
   no fundo
de uma selva insone

Sonda
o veneno
   do silêncio

E morde
   a própria cauda
   nas entranhas
   da palavra

*

Pavão

Traz em seu porte
 o lume
 baço
  das estrelas
        e os sonhos

dúbios de Satã

(de tão subido
   paraíso

essa vontade
  imensa
   de cair)

 *

Hipopótamo

bfftug   ñtrund
   rduff
  thvusff

        ngwu trkt
bfftug ñtrund
  thvusff

ndpuffffffffff

*

Boi

Tive um boi
  na minha infância
      boi trazido
  pelo vento

      Boinuvem:

  seu   mugido
  era intangível

e os olhos
   lassos
  cheios de piedade

Boitempo
de uma infância
que não passa

*

Cavalo

Mandou
      Preste Joam
           cinco cauallos

         muy grandes
         e fremosos

que seguissem
        para as
        perdidas
        terras

   em seus confins de névoa
   incenso e júbilo

*

Jacaré

Dorme de pedra
    dúctil
    o monstro
    sem dormir

        Lua selvagem
        ave rastejante

Dorme de pedra
  dúctil
  mas não sonha

    E deita
      o pranto
      ausente

em lágrimas de fogo

*

Dragão

    Filho
    das trevas primitivas:

     vapores
        de mercúrio e lívidos
                solventes

             Com sua espada
  de harmonias
            São Jorge leva
o rútilo   dragão
            ao líquido
  jardim das alquimias

*

Formiga

Avançam na conquista
      das nações

Fileiras de saúvas
      sob a cruz de Malta

morrem buscando
      espessas
colinas de açúcar

E nessa química
    dominação dos povos

  dom Manuel
      de antenas
  venturoso e sábio

*

Leão

Fera sublime
    das analogias

Palavra
    que se adensa
        na palavra

Demora
    no plural
        das espessuras

nos passos
        de veludo
    nas garras afiadas

Da fome
    atemporal

não leva
    mais
que o nome

*

Águia

Nas montanhas
    do tempo
        sopram

os ventos de Hölderlin
e anunciam

    a vinda
    luminosa dos antigos
    deuses

NOTAS

Girafa – p. 223
Citada amavelmente nas páginas do Alcorão.

Pulga – p. 224
Do prefácio à *Micrographia*, de Robert Hooke: *By this means the Heavens are open'd, and a vast number of new Stars, and new Motions, and new Productions appear in them, to which all the ancient Astronomers were utterly Strangers. By this the Earth itself, which lyes so neer us, under our feet, shews quite a new thing to us...*

Beija-flor – p. 226
Dedicado a Bartomeu Melià, que conheci em Assunção, e a cujos livros recorro para a cultura guarani.

Elefante – p. 227
O verbete de Rafael Bluteau diz que Frei Gaspar de S. Bernardino viu na costa de Goa "três elephantes postos de joelhos, adorando o Santíssimo Sacramento, à porta da Sé o dia oitavo da Paschoa, em que na Índia se faz a procissão do corpo de Deus. Dizem os árabes que na lua nova eles (elephantes) vão em bando se lavar com suas trombas na beira dos rios e, depois de lavados, se põem de joelhos, como adorando a lua e acabando a cerimônia se tornam a meter na mata".

Vagalume – p. 230
Penso em Luis de Granada. *Introduction del symbolo de la fe*, Arnoldum Quentelium, 1595, tomo 3: *ningun animalico ay tã vil y tã despreciado, en el qual no hallamos alguna cosa diuina.*

Lhama – p. 231
Numa visita ao zoológico de Santa Cruz de la Sierra, 2005.

Hipupiara – p. 231
Mulher-peixe, nas crônicas do Descobrimento.

Tartaruga – p. 233
Teresa de Ávila lança no *Castelo interior* essa analogia.

Cavalo – p. 237
O itálico vem do livro de Francisco Alvares, *Ho preste Joan das Índias*, Casa de Luis Rodriguez, 1540, capítulo 80. Sobre o cavalo, Buffon: *la plus noble conquête que l´homme ait jamais faite est celle de ce fier et fougueux animal qui partage avec lui les fatigues de la guerre et la gloire des combats; aussi intrépide que son maître, le cheval voit le péril et l'affronte, il se fait au bruit des armes, il l´aime il le cherche, il s´anime de la même ardeur.*

MICROCOSMO

Under the veil of wildness
Henry V, SHAKESPEARE

À memória de um tempo que será

Gerânios insones.
Uma coruja anuncia
presságios de aurora.

*

Flores. Ipê-roxo.
Nuvem densa. Noite funda,
pranto de luar.

*

Fria madrugada.
Damas da noite suspiram
rude solidão.

*

Uma ave noturna.
Antares, fogo feroz,
solstício de inverno.

*

Bêbadas de orvalho,
as ruidosas maritacas.
Verão fluminense.

*

Plêiades fugazes:
dormem nas altas mangueiras,
gulosos morcegos.

*

Altiva beleza.
Uma gata de olhos verdes
em meio às ruínas.

*

Visita ao poeta:
goivo sobre a cruz singela.
Nuvem de andorinhas.

*

Praia do Farol,
corpo branco, maresia,
oásis de espuma.

*

Neblina da tarde,
ninfa nua, flauta doce.
Não haverá lua.

*

Pura carne, o Nada.
Cada rosa, uma ilusão:
escamas e pétalas.

*

Morder o futuro.
Na veia de sua avó
jorra negro sangue.

*

Besouro no quarto,
abro a janela: cintilam
morangos silvestres.

*

Teu corpo de outono,
rubras formigas avançam
no antigo veludo.

*

Nos olhos suaves
de meu pastor-alemão,
não deploro o inverno.

*

Um barco, altas ondas,
velho diário de bordo:
meu corpo vazio.

*

Crianças em roda,
melodia das esferas,
eterno retorno.

*

Sobe sem temor:
a libélula flutua
acima do abismo.

*

Noite. Plenilúnio.
Ouço no salto do sapo
a voz de Bashô.

*

Disseste *caqui*.
Nada supera o sabor,
da polpa de um verso.

*

Separo as cerejas,
corpo branco, Via-Láctea.
Fome de silêncio.

*

Cruz de São Tiago.
Dentro do céu, outro céu:
o sono de um deus.

*

Xícaras de chá.
Na casa de Shuntarô,
rimas de vapor.

*

Mercado São Pedro,
o olhar severo do peixe
indaga quem sou.

*

Coração da noite.
A lua de Butterfly,
lacunas, indícios.

*

As cartas de outrora,
letra vermelha. Talvez
usou tinta... ou sangue.

*

Astúcia de Hamlet.
à flor do maracujá
Ofélia adormece.

*

Bem antes das onze,
despede-se a borboleta
azul da manhã.

*

Sombra do infinito:
a cauda do Escorpião,
negra, em Sagitário.

*

O canto do melro
adensa as trevas da noite.
Prímulas renascem.

NOTA

Parte dos poemas foi escrita em Tóquio, em outubro de 2016, durante o centenário do curso de língua portuguesa da TUFS (Tokyo University of Foreign Studies). Com a professora Donatella Natili, em visita marcante ao poeta Shuntarō Tanikawa.

AL-MA'ARRĪ: VESTÍGIOS

Em meio às ondas, morre-se de sede

De um nada para outro nos movemos.

*

A morte é sono que não cessa
e o sono é morte que se vai.

*

Oceano abissal: males do tempo.
Em meio às ondas, morre-se de sede.

*

Passada tanta usura, chegamos ao exílio.

*

Quem considera o tempo e suas obras
da vida sobre a Terra desconfia.
Mente a palavra dos mortais: ódio é afeição,
o bem é mal, os feitos, desvario,
engano o júbilo, fortuna não ter bens:
toda sabedoria é desatino.

*

Uivam à noite os lobos e pensam que a lua
é um disco e as Plêiades, racimos de uva.

*

É sábio quem evoca o fim como destino.

*

O tempo é um poeta de infortúnios.
Declama ponderado ou improvisa.

*

A terra não distingue em suas entranhas
ossadas de rebanho ou de leão.

*

As Plêiades fenecem como as flores brancas.

*

Inseparáveis caminham o bem e o mal
Também o mel é salpicado de amargor.

*

A pomba delicada em seu viver
Não é menos cruel do que o falcão.

*

Não há mais prodigioso território
que o centro de um poema circular.

*

Como se a luz da aurora não passasse
de uma brandida espada contra os homens
que na manhã se aguça mais intensa.

*

Remédio para a vida é desnascer.

*

Ó alma, vens do vento? Cesse o vento!
Gerada pela chama: que se apague!

*

Um franco-atirador infalível
pôs uma flecha no arco do tempo.

*

Se a noite não abriu tuas feridas
o dia dobrará teus desenganos.

*

Um sol, em meio às trevas, a verdade:
nunca desponta aos olhos dos mortais.

*

Indaga ao corvo que te escuta:
Podes mudar a tua cor?

*

Uma noite sem lua, um deserto de trevas,
a vida, e vem depois o cintilar do nada.

*

Todo lance possui longo punhal
para sangrar o cordeiro dos astros.

*

O leito é um barco a deitar afogados
nas ondas sucessivas da morte.

*

Os homens são poemas que o destino recitou.

*

Meu coração, rival que não dá trégua,
não sei como salvar-me de mim mesmo.

*

A alma unida ao corpo iguala-o, discorde.

*

Não impressione a escuridão da noite,
nem entusiasme a luz do amanhecer.
Já não importa se a espada é um dom
ou prelúdio de morte.

*

As falhas dos mortais são folhas frágeis
sopradas e desfeitas pelo vento.

*

Minha vida é uma nuvem para a morte
Iguala-se ao trovão minha palavra.

*

Na escura noite as estrelas:
lanças azuis que transpassam
quantos caminham na Terra.

NOTA

Tais vestígios foram coletados em 1999 na poesia de Abū al-ʿAlāʾ al-Maʿarrī (973-1057), entre Alepo e Damasco, revistos em 2011, no Rio de Janeiro. Uma coletânea de recortes e incisões sobre conjuntos maiores, livremente redesenhados, fora dos limites impostos ao tradutor.

LEILA/ ليلة

ombra ferita, anima chie vieni
GIOVANNI RABONI

ل

Foi numa terra estranha, ao cabo da noite, que o pranto do desterro sofreu o impacto do vento, e o esplendor oculto dos primeiros raios tardou o espasmo da espera. Tua gravidade permanecia, imutável, no silêncio. E teus lábios mal suportavam o dorso das palavras, no abismo do pranto. Minhas fibras gelavam... Permaneceste calada, pois o silêncio esmagava teu orgulho, página atônita do tempo, e recobria a mútua presença de um olhar, como se fora o dilúvio das palavras, que implorava, amorosamente, as pálpebras da noite. Permaneceste muda: a brisa da ilusão acalmava teu semblante, e o alquimista do sono vigiava tuas estrelas, para nelas infundir as leis de uma vontade que estava além de ti, como o fim da noite; o medo e o sono moviam o vento e a morte, e os raios da manhã estavam livres para banhar as terras do Ocidente; mas uma noite, Leila, flutuava em teu rosto, banhado de sombras, e se revelava num claro fulgor, longe dos males do exílio, das mortes que se abatem, nas folhas levadas pelo vento, tristes desarmonias, desferidas pelo tempo; e teu rosto luminoso, Leila, e teus lábios, fontes de consonância, onde moram os deuses; não vejo e não sofro essa luz esbatida, esse incêndio, essa fuligem de tristeza, essa mágoa de abandono; o sol do esquecimento queima o corpo dos dias; mas teu rosto, Leila, podia amanhecer, e teus olhos de horizonte guardavam trinta pássaros, e tua brisa, cálida como o deserto, lançava centelhas de areia sobre minha caravana solitária; Leila, dá-me o teu refúgio, pousa aqui o teu rosto, descansa tua glória, desce as asas das pálpebras, o sereno de teus olhos, teu lábio súplice, enquanto bebo na fonte da inquietação, descansa a pétala das pálpebras, Leila, e a dor intransmissível, teu sonho fugidio, tua irisada primavera, que se perde na memória evanescente; Leila, teus dias esperam

incêndios e inundações, mas teu excesso me fascina e me
espanta: abre teus velames, tuas velas várias e vãs, dá-me a
vertigem da verdade, o vórtice da vida, o centro da conquista,
o espasmo da espera, mares de brisas matutinas, e teus olhos
tardios, como nuvem de pranto, sêmen de solidão, sombra que
vela o zéfiro dos desejos; teus sobressaltos, Leila, e o mundo
como página que se perde na indumentária de tuas metáforas,
primaveras do medo, harpas da beleza, enquanto voltas aos
sonhos que se perdem na escuridão de teus segredos...

*

ي

Hei de saber, com o matrimônio do rei sulfuroso e da rainha
mercurial, se a tua resposta insiste, obstinada, no silêncio;
hei de varrer as nuvens que se abatem sobre as ilhas de teus
olhos, e dar-te o orvalho, que possa afugentar as harpias
da solidão, e extrair do mar dos filósofos a pedra de teu
desassossego, dessa permanente negação, de morar nos longes
de mim, e sofrer ocasos infindáveis, que dilaceram teu íntimo,
a clara enseada, cuja fonte se origina do pranto, onde nadam
os cisnes do desejo, enquanto bebem teu recesso, a espuma
das ondas; Leila, tuas águas estão em mim; minhas águas,
em ti: fonte cristalina do Tempo; sabemos a cabala fonética,
sabemos nosso manancial; ó cisnes brancos: dai-me asas para
pronunciar o nome de Leila, saber as fragrâncias que dormem
em seu jardim, mistérios, madrugadas, seu corpo de mares
e desertos, menos rudes, menos graves, mais úmido e suave;
porque corpo é alma, e depois de tantos sais, e banhos, e
solventes, e estrelas, e segredos, e anseios, hão de emergir do

teu corpo outras fontes, outros sinais, cheiro de terra molhada,
o sabor das águas de rosa, como pétalas, o conúbio do rei e
da rainha, águas pônticas, mercuriais: temos saudades da
noite, e nossos corpos foram esculpidos na luz, talhados no
inefável, temos saudades de Aldebarã, saudade que não finda
no brilho dos olhos, mas que nestes se inicia, com a volta ao
Uno, o Eu-Tu, fuso, difuso, confuso, numa trama onde auroras
infindáveis dão ao mundo harmonias, orvalho cósmico, águas
lustrais, permanências: porque dois é um, porque um é dois,
porque não passamos de corpos, inseparáveis, que o corvo
da putrefação e a ave de Hermes separaram, e cuja volta
pode durar como a centelha: e agora, de noite em noite, cabe
restaurar um resto de luz que os corpos guardam em ampolas
e retortas, matéria das estrelas, teu corpo, Leila...

*

؟

Leila, as praias amanhecem e o vento leva meus fantasmas
aos mares de símbolos, movidos por sonhos impuros, velas
pandas, ventos vários, tesouros, que se perderam nos mares
da inquietação, dos quais hão de regressar todos os náufragos,
e não serei mais um herói sem poema, na companhia de
outros, ávidos de continentes, a seguir viagem; essas manhãs
vigilantes, essas albas perdidas de azul, esses mares inermes
da memória, onde se inventam ilhas perdidas... segue o navio
fantasma, os lastros de versos, números, sefirotes, pois somos
logonautas, perdidos em mares metafísicos, e a ventania a
desfolhar as asas dos anjos, que seguem espalmadas pelo
mundo, levadas por siroco, trazidas por simum; e as feridas

da noite, cinzas ao vento, portas luminosas, luares redimidos, perdidos por abismos e clareiras, são formas graves, Leila, que se desprendem desses mares; e as noivas celestiais, vivas, desejadas, após naufrágios de azul, hão de chegar das ilhas distantes, onde passam licornes, aves canoras, límpidos regatos; as noivas celestiais hão de ser vales e remansos para acolher e dessedentar os peregrinos; hão de lançar ao esquecimento a névoa dos dias, a dor imemorial das gentes, as coisas provisórias e tardas, tempestades e derivas; as noivas celestiais hão de combater sombras e formas vãs, e tudo não será mais que uma brisa leve, manhãs alvinitentes, sublimes solidões; e os heróis, Leila, hão de beber na fonte da Beleza, livres de letras e sefirotes, porque o belo regressou ao poema épico, com seus varões, válidas ermínias e clorindas, luminosas dulcineias, lauras e glauras a declarar o butim da vida, a glória do tempo, armas e amores, tudo retomado em outra clave; e os anjos, exaustos de glória, hão de se demitir como mensageiros, pois a distância, Leila, será uma relíquia do passado, e a espera, um sonho que se aterma...

*

ט

... mas, Leila, esta sede insaciável, este poço seco e profundo como a escada de Jacó, esta queimação de mil incêndios, que ardem invisíveis no coração, este fogo de sombra e de medo, esta paisagem de incandescência, esta língua áspera dos lobos, que circundam nossas cabras, indiferentes ao fogo que nos consome, o calor que estas rochas zelosamente guardam para si, tudo me atormenta, Leila; e sinto arder a força de mil vórtices, o ímpeto de mil naufrágios, o céu desta melancolia, por onde saraivam surdas tempestades: eis-me perdido neste deserto de pedra e assombro, perdido neste silêncio que me dá vertigens, no qual desconheço meu nome, desespero da vida, e esta janela que dá para o abismo; a vela que se extingue, e a história da noite, da noite funda e irreparável, este prefácio de angústia, e esta insônia aterradora, que me acompanham dia e noite, Leila: e me perco, dentro de minhas cidadelas, em meio aos desertos sombrios, procurando um rastro, porque ao menos um rastro, ao menos um sinal, em alguma parte hei de encontrar; e sinto as cabras, que sabem o valor da prontidão, e fincam suas patas sobre estas rochas íngremes e despojadas, agora que é noite, e que das cabras chegam apenas sinos intermitentes: uma hora da manhã, e a vela que se extingue: tremo, porque sinto um abismo que me convoca, os olhos negros do abismo, esta minha janela, esta minha paixão das alturas, agora que é noite e que as estrelas parecem feitas de gelo; meus fantasmas e eu seguimos equivocados, não passamos de um equívoco, eu e meus fantasmas; mas esta garganta que dá para o nada, e a minha garganta, e esta minha sede, e o leite das cabras, e a língua dos lobos, gazelas e caçadores: todos passam por estas bandas, enquanto, sob este céu de estrelas, sou um caçador desprovido de caça, uma sede desprovida de água, noite sem trégua, sonho sem sono; e por isso, Leila, pela força dessas circunstâncias que me abatem, pelo clamor desta sede, que me aterra, pela promessa desses ventos, que me atordoam, pelas sombras abissais, que me devoram, ajuda-me, eu te imploro, ajuda-me a conhecer o substrato, ajuda-me a conhecer o sinal, a ultrapassar a escuridão, por força e graça dessa mesma escuridão; e já me vejo perseguido pelos lobos, gazela assaltada por mil caçadores, longe do rebanho: ajuda-me, Leila, a voltar ao centro, às solidões de meus invernos, ao deserto de meus verões, que me impedem o centro; eu espero, espero obstinadamente, a promessa de todos os fins, a cabra que sacrificamos de manhã, as velas que se extinguiram, diante de minhas lágrimas, prostrado a implorar do alto destas rochas, aos primeiros monges, aos anjos, misericórdia e redenção: todos os motivos, todas as chaves, todas as passagens da noite (vastos corredores, portas indecifráveis, que dão para o nada, que seguem para o nada, como esta minha janela, diante do abismo)... Sim, Leila: são esses mil pássaros do silêncio, esses mil girassóis noturnos, que me assombram, e me desterram, e que demandam a beleza das virgens, com suas lâmpadas votivas, com suas lâmpadas de fogo, enquanto ardem de desejo, de puro desejo, acrisolado na chama da espera; e assim, fora possível cortar o silêncio, a treva espessa e corrosiva, que se adensa com astúcia de mil serpentes, emboscadas num olhar de sombras e lianas; silêncio que se abisma vertiginosamente ao fundo de um silêncio mais fundo, de sombras e lianas, cuja espessura poderá ser vencida somente pela espera das virgens, magoadas de ausência; vamos, Leila, eu te peço, ajuda-me a vencer estas solidões, este rebanho do medo, esta matilha da melancolia, esta errância pelo esquecimento e abandono, cujas noites são inauguradas com o sangue dos dias, a circular nas veias do tempo, além das circunstâncias íntimas e severas que me fazem pressentir o mundo, a emergir das pedras da Síria...

ALMA VENUS

> *Uma inteligência que compreenda
> todas as forças que agem na natureza...*
> LAPLACE

Princípios

Tudo, para mim, é viagem de volta
GUIMARÃES ROSA

Alef

Virá
de algum lugar
perdido

Virá
de um fosco
desabrigo

Virá
de frios
roseirais

Virá
de medos
ancestrais

Virá
no assombro
do poema

Virá
na forma
de uma anêmona

Virá
da funda
superfície

nos olhos
do deserto

Virá
das níveas
afluências

no sal
das confluências

Virá
de um verbo
reticente

Virá
de um novo
continente

às árvores
ilhadas

das frias
enseadas

na língua
da serpente:

esparsos   temporais

     manhãs   perdidas

*

Bet

Tem rosto
a palavra

e o
luar

e o
sentido

como sol
atrás
das nuvens

como
peixe
dentro d'água

Somente
em deus

repousam
muitos rostos

como se fora
a rosa
de uma rosa

a se esconder
na rosa
de uma rosa

      e assim *ad infinitum*

que o nada
só tem rosto
de escamas e de espinhos

*

Ghimel

A parte de
uma parte

em muitas
se reparte

tal como
o sol poente

nos raios
derradeiros

e assim
a dor que sentes

é apenas
uma parte

esquiva
de outro mal

Tão nobre
como a tua

a dor de
teu irmão

tão nobre
quanto a dele

a dor
que aflige
a Deus

E assim
já não conheces
mais limites

que o todo
é apenas parte

de nova
contraparte

saudoso
de outro mal

*

Dalet

Mil
Rostos

nas sombras
do nada

pousam
seus olhos

e sangram
palavras

As lumi
nescentes

pupilas
antigas

apagam
seu fogo

nas águas
lustrais

Mil
rostos

descansam
seus olhos

nas sombras
do nada

enquanto
mil pedras

enquanto
mil homens

desabam
no abismo

por causa
de um rosto

Temporais

*While they expected the descent of the tardy angel,
the doors were broken...*
GIBBON

Reparação do abismo

No dorso
luminoso
da manhã

procuro

o espólio
de teu canto

e os nomes
alusivos
do segredo

Essas
montanhas
fúlgidas de névoa

bebem a sombra
de teu imane   fundo
precipício

Procuro
nas alturas
um resquício

do bem supremo
e grave
que perdi

E já não sei
dizer
mal reconheço

o nome
dessa perda
que me abrasa

Procuro
no sabor
das outras línguas

o verbo
escuro
de tamanha ausência

Procuro
estranhas teologias
tratados de botânica e alquimia

        (ó sombra lúmina!)

para fazer
da noite
meio-dia

Procuro
em inefáveis
geografias

o náufrago
lugar
do não-lugar

onde se esfaz
a sombra
de uma sombra

Assim
procuro a luz
que me confunde

e segue
essa procura
a procurar-me

*

Rosa

Ó sonho
que te perdes
na memória

nas múltiplas
camadas
do poema!

O tempo
se afigura
nas entranhas

da noite
tão ambígua
e meridiana

onde
se abrasa
o frio entendimento

A sombra
errante
de corcéis alados

despenha-se
nos úberes
do mar

e afoga-se
no rubro
esquecimento

Oh! rosa
imarcescível
e iridescente

se rútila
amanheces
no Ocidente

que o manto
que te adorna
não te engane:

além
das águas frias
do horizonte

flutua
o lenho frágil
de Caronte

*

A superfície do não

Corre na superfície
das águas
a impermanência

e volta solitária
ao coração
dos deuses

Corre na superfície
e no abismo das coisas
a semear as formas
de um tempo inacabado

Corre nos céus
nos vales e montanhas
a vasculhar ruínas
de tardes abrasadas onde queimam
arroios e correntes que não seguem
para o mar

Ardem
serafins num céu em chamas
à procura de um semblante
na forma
de um incêndio obstinado
a sondar o curso
do rio   das estrelas
nos rumos
dilatados da galáxia

Aves i
nascidas
para o azul
trazem nas plumas
do nada o impulso
de uma fera arribação

Um destino antes de ser
uma enteléquia de sombras
a perscrutar
a solidão dessas montanhas

As árvores
dobram-se mudas
dobram-se ao peso
dos frutos
que túmidos
rebentam como a vida:

os números-ideias
a superfície do *não*
e dos *mas*

Pedras
amores
e pássaros

seguem
num estado
quase

i
nascidos

nebulosos
....

No semblante
de negros
serafins:

olhos
fatais deixam
as trevas

E a força
dessas águas
rege o mundo
antes do verbo e do silêncio

Uma progênie
há de vingar
nas extensões da Terra

na forma
impressentida
de um semblante:

que afinal
tudo
é *quase*

na obscura
metamorfose
dos deuses

★

A Jorge de Lima

Sublime
teu poema
de sal-gema

São ilhas
solitárias
tordesilhas

que afloram
à superfície
de teus mares

Sublime
teu poema
soberano

que segue
bem de perto
o lusitano

Sem chaves
um pastor
desapossado

com seu rebanho
claro
e imaculado

de verbo
de mistério
de palavra.

No fúlgido
tesouro
dessa lavra

teu canto
pluriforme
e solidário

de cujas
extensões
és donatário

funda uma
nova Atlântida
perdida

no teu sonhar
de lírio
e renascida

aos raios
de um luar
incandescente.

*

A quarta parede

Esta foi a bela
e preciosa lição
de Mann e de Bohr
de sua mecânica
sublime

outrora dissonante
hoje tão bela

A máquina
do mundo

flutua

em mil
pedaços

partículas   sabores

E o nada
      sobrenada
    entre infinitos

              infinitos

*

O outro

Perdido
na trama
da noite

sob os raios
do luar

na sombra
dos vivos

no sonho
dos mortos

Um anjo
torto
e alquebrado

um anjo
de pó
e de pranto

vagava
pelo meu quarto

(o rosto
decomposto
as asas de fuligem)

sem saber
ao certo onde
me vou

na sombra
dos vivos

no sonho
dos mortos

*

Ubi es, Vita

O sono de Leopardi
o verbo de Clarice
e a sombra de Cioran

Vida vida
eis o botim
dos que reclamam vida

Cidades

Ti perdo, ti rintraccio,
ti perdo ancora, mio luogo,
non arrivo a te
MARIO LUZI

Dualismo

Teu rosto é claro se meu sonho é escuro,
só vens me visitar quando não quero,
andas perdido quando te procuro,
se mais confio em ti mais desespero.
Se buscas o passado sou futuro,
se dizes a verdade és insincero,
se temo tua face estou seguro,
se chegas ao encontro não te espero.
Bem sei que em nosso olhar refulge o nada,
que somos, afinal, a negação
mais funda, mais sombria e desolada.
Como lograr, meu Deus, reparação,
enquanto segues longe pela estrada,
de nossa irreparável solidão?

*

O fim da tarde, Antero

Ó nuvem peregrina que divagas,
perdida nas lonjuras do Ocidente!
Imóvel, num crepúsculo de chagas,
consomes teu olhar circunferente.
Flutuas esquecida sobre as vagas
e sabes como é leve e contundente
o pálido infinito com que pagas
os raios últimos do sol poente.
Ao fim da tarde o mundo não se basta:
as nuvens peregrinas e a amplidão,

as águas claras, a esperança vasta,
o campo adusto e a chuva de verão
na farta gravidade com que pasta
o boi de nossa funda escuridão.

*

A se stesso

Sei que teus olhos são crepusculares
e guardam um estranho penumbrismo,
que acima dessas nuvens singulares
espalha-se o mais puro ceticismo.
Na funda transparência desses mares,
na grave inquietação, junto ao abismo,
procuras sempre, e em todos os lugares,
a sombra de teu próprio nomadismo.
Se agora já não segues para o norte,
se os ventos da ilusão ambivalente
não sabem de outras rimas para *sorte*,
por que tanto te acercas do Oriente,
se a náufraga miragem da Consorte
dissolve-se nas águas do poente?

*

Leonardo

Como buscar a ideia sublimada,
a insólita paisagem árdua e pura,
sonhada pela mente enamorada
nos veios ásperos de pedra dura?
Como sofrer em plena madrugada
o fogo da verdade que tortura
aquele que pressente o frio do nada
nas formas peregrinas que procura?
Que a chama sublimada se resfria
na longa solidão que nos impinge
essa esperança vã, essa agonia.
A ideia soberana não se atinge:
a um laivo apenas, quase alegoria,
a tanto nossa mente se restringe.

*

Gala Placídia

Ó Gala, nos teus olhos considero
os astros que se apagam, junto ao mar,
levados pelo vento, áspero e fero,
no dorso amanhecente do jaguar.
Imersa no segredo, enquanto espero,
nas pedras de um mosaico circular,
descansa teu semblante tão severo
e sonha com a glória de além-mar.
As cíclades, distantes e perdidas,
renascem no mistério que consome

as ínsulas dispersas, esquecidas.
Ó Gala, não desistas de teu nome,
que o Cristo pantocrator das ermidas
se abisma no infinito dessa fome.

*

Machina Dei

Procuro o centro de circunferência
e as fundas dimensões de sua aurora,
de cujos raios brilha a iridescência
do álgido mistério que devora
o círculo da própria ambivalência:
não movido motor, ocaso e aurora,
causa sem causa – pura defluência
da altura solitária em que demora.
E as pontas invisíveis do compasso
circundam nossa rude compreensão,
marcando o soberano descompasso
de tanta e prodigiosa elevação:
o não poder jamais ver este lasso
abismo de amargura e da aflição.

*

A sós, em seu tormento

Pouco
abaixo
do sono de Deus

cai a pele
das horas e a tarde
ensolarada

livre
de papoulas

move as rodas
do tempo

        Olhos

(entretanto)

medem
o não visível
rosto
desperto
onde repousa

a sós em
seu tormento

o príncipe
do Nada

De rerum natura

Alheios ao destino
dos mortais

além das nuvens
claras e sombrias

vivem os deuses
raros nas alturas

Livres de enganos
dores nostalgias

da morte vil
que aos poucos nos invade

da chuva de átomos
em que se evade

indefinidamente
a natureza

em sua eterna
mas avara empresa

seguindo a força
rude do cliname,

para formar
compostos provisórios

que se desfazem
noutros repertórios:

estrelas, águas,
nuvens, tempestades,

cristais, abelhas,
glórias ou cidades

e flores, pedras,
corpos, consciência:

figuram
como pálida aparência

E acima
da miragem dessa terra

repousam
esquecidos nos meatos

mais livres
os celestes, mais beatos

Altitudes

Sinto que vou voltar-me para Ti
JORGE DE SENA

Círculo do tempo

Passam velas
ao vento
caravelas

Outras naus
outras gentes
singulares

hão de surgir
em fúlgido
horizonte

Novos pedros
e outros vascos
(dos quais
marítimos
ou anfíbios
descendemos)

a navegar
sozinhos
noutros mares

E seguem
a onda
fria que não passa

e buscam
novas Índias
e Alcobaças

Cantiga de amor

*Quando os objetos da Terra perdiam seu encanto,
restavam para mim os céus...*
JOHANN LAMBERT

Acima de nós
tudo é silêncio

Erram planetas
insones

Abismos
devoram estrelas

Lagos
de hidrogênio
se resfriam

Supernovas
cantam
como cisnes

E o silêncio
revela
outro silêncio

— Olha para o céu
amada

Olha e não diz nada

A contra-flor

> quapropter caelum simili ratione fatendumst
> terramque, et solem, lunam, mare, Cetera quae sunt,
> non esse unica, sed numero magis innumerali
> LUCRÉCIO

A alma Venus
desvela

ao nobre Gama

segredos
deste
e de outros
impensados mundos:

A contra-flor
no jardim
das Hespérides

A antimusa
incerta
e solitária

A sombra
vária
de heróis paralelos

E o canto
das cotovias
no multiverso

Nas luas
nas estrelas
madrugadas

mil pássaros
do silêncio

dão asas
ao coração

fugitivo da matéria

*

Modo inaugural

Na luz deserta
do primeiro dia

está quebrada
a supersimetria

E assim despontam
múltiplos destinos

no mar onipresente
de neutrinos

E vagam quase-seres
pelo mundo

lançados num abismo
alto e profundo

Na luta intempestiva
onde se plasma

o modo inaugural
do protoplasma

A sombra luminosa
de um quasar

e as formas múltiplas
de ser e estar

as quase borboletas
e sabores

de quarks, e de sombras,
e motores

Na antemanhã de rosas
o arrebol

e o quase amor que rege
o pôr do sol:

resíduos de giocondas
beatrizes

sonhando com poetas
infelizes

Assim agia Deus
sive natura

na zona fria
da matéria escura

E o rígido
combate prosseguia

do ser e do não ser
e ainda prossegue

que o nada
se insinua noite e dia

As Plêiades

São mais de mil
demônios
que povoam

(estrelas
solitárias)

o vórtice
da noite

Órion
volta
para as Plêiades

seu arco
luminoso

E a flecha
pontiaguda

torna mais fria
e mais espessa
nossa dor

Súbita
flecha:

fere e arrebata
os mais
de mil demônios

que
povoam

no vórtice
do tempo
a noite fria

 Basel, 4 de março de 1994

*

Nuvens

Poço
esquecido

lívido
lume

da espera

E o sonho
de Platão

céu
acima

límpido
e claro

NOTAS

A quarta parede – p. 293
De Gell-Mann, o livro *O quark e o jaguar*. De Niels Bohr, *Atomic physics and human knowledge*.
"Sabores" são tipos de quarks.

De rerum natura – p. 302
Clinamem ou clinâmen: pequena inclinação dos átomos em Lucrécio.

Cantiga de amor – p. 306
Supernova: explosão de uma estrela gigante.

Modo inaugural – p. 309
Neutrinos: partículas sem massa.
Quarks: partículas fundamentais da matéria.
Quasares: núcleos de jovens galáxias.
"Deus / *sive natura*": de Spinoza.

BIZÂNCIO

*Duas Romas caíram, uma terceira permanece firme,
e uma quarta não haverá.*
MONGE FILOFEI

Contemplo a suntuosa decoração com que a arte bizantina adornou essa igreja, desde os mármores policromos, que lhe cobrem os muros, aos mosaicos de fundo azul ou de ouro que faíscam na curva das cúpulas, ao branco da Frígia, ao verde da Lacônia, ao azul do Líbano, aos mármores da Tessália.

Contemplo um sistema rigoroso em que se apoia essa riqueza, esse esplendor, essa harmonia, que levam a uma impressão soberba e faustosa.

Contemplo o arranjo que ordena a disposição desses vastos conjuntos, o pensamento profundo que inspira a composição dos temas, a regra que comanda o agrupamento simbólico, dessa iconografia sublime que se espelha em Santa Sofia.

Contemplo, afinal, os sóbrios minaretes, o belo mihrab, apontando para Meca, e as inscrições árabes, grandiosas e imponentes, insistindo com o nome de Alá, que os turcos chamam Tanrı.

Santa Sofia serviu como último bastião de Constantinopla, e suas portas de bronze foram fechadas, em vão, para impedir a entrada das hostes de Maomé II, que acabaram trucidando todos aqueles que, aflitos e desesperados, acompanhavam a missa.

A derradeira.

Dois oficiantes desapareceram misteriosamente pela porta sul do santuário, levando as patenas e os cálices mais preciosos, para regressarem no dia em que Constantinopla se tornasse novamente cristã, quando, então, retomariam a liturgia do ponto em que fora interrompida...

Sombras do ocaso

Cai a tarde sobre o campo.
Nas rubras veredas
um ser
imóvel
prova uma estranha inquietação
rude abandono
crepuscular desespero:

contempla o ouro gasto do sol
e as imensidões
da Terra

Das belezas do ocaso
se apodera
e sorve o mistério da distância

em golfos   extremados
praias   convulsas
ilhas   torturadas

Seu rosto guarda
a luz gelada
de uma estrela

Seu coração:
alturas e
despenhadeiros

esmaltados
de crepúsculo
e silêncio

Severa nostalgia
das coisas
que se perdem

no úmido
semblante
de mil sombras

na boca orvalhada
de medo

nos ossos
dissolvidos

sob a moagem
impertérrita do tempo

Como há de suportar
este silêncio

mais mineral
que a pedra

mais glacial
que o gelo
mais sideral
que a estrela?

Cai a noite sobre o campo
e o ouro gasto
do sol
deu lugar

ao reino
insurgente
das sombras

O solitário vaga
com seus astros

seu corpo
bebe o esmalte
azul:
Santa Sofia

O solitário vaga
com seus astros

e está só
completamente só

como o suicida
sabe estar só

como o vagabundo
sabe estar só

como Deus
sabe estar só

enquanto houver
astros
vagabundos
e suicidas

para compartilhar
a solidão
de Deus

Ei-lo diante do nada:
sóis tisnados   em meridianos

      de fuligem:

              negrume

sideral
de céus inacabados

   pontes de pedra
      onde medra

    a vertigem

           lume
esbatido por
sombras soturnas
que dissolvem

       o queixume

dos dias
medos   crepusculares
lúcidas   agonias

Eis o volume de coisas
passadas   esquivos
segredos   nostalgias
terras
desoladas
regidas pelo assombro:

                escuridões
abalroando   escuridões
abismos   sondando
abismos   mortos
fustigando   mortos

Ei-lo desperto quando
cessa
o curso das horas
quando
os seres sombrios
dormem
o sono
da semelhança:
                poço
          da fulminação
                fosso
          da indiferença

Não dorme o solitário
pois há um velho
esperando a morte

um monge
meditando
abismos

uma prostituta
sem destino

um suicida
tramando
o fim da noite

*

A chama da espera

Foi em Üsküdar – onde esperava a cessação da madrugada, náufraga e tardia: suas asas não ruflavam sobre a Terra, tecendo a fulminante travessia da manhã, no sonho das coisas que haviam de ser, com seus arroubos de pranto e desterro.

Como que uma luz
difusa e alvadia
custasse
a romper a escuridão
ao largo dos diáfanos
vitrais

(o branco
da Frígia
o azul
do Líbano)

os raios
tímidos
desvestidos
da aurora

pois Istambul
sabe acordar
constelada
de minaretes e luas
vermelhas

Os vitrais da igreja eram soberbos e a nave trescalava um rude aroma de incenso, a festejar os ícones, dos quais o solitário podia lobrigar apenas a auréola. Como se lhes faltasse o próprio rosto, devorado pela treva, máquina de subtração, desejo insaciado de morte, enquanto sonha

um novo eu
outro mundo
outra idade

no doloroso
mais
que lhe dissolve
os ossos:

mais terra
mais água
mais ferro

para forjar os
céus   vales
e montanhas
do mar negro

O solitário segue o mapa dos fantasmas, marcado pelas mãos dos que se atrevem a navegar em rubros mares, como Jasão e companheiros, na confluência do Bósforo, onde pássaros de asas espalmadas vigiam áspides que esperam as vítimas, para desligá-las da província onde começa a vida, e abrir assim as férreas portas do sono e obrigá-las (ó triste violência!) a percorrerem átrios e jardins, sob a imagem aparente desse mundo, onde morrem

camilas
helenas
medeias

no céu   da noite fria
lá onde as coisas
choram

*

O fim da noite

Ouve a densa madrugada: o mundo repousava nas ruas de
Bizâncio. Não havia deuses ou estrelas pressionando o
firmamento. Apenas a fragrância de um passado amanhecido,
entre sonhos de glória e astros despegados de outros céus.

Ao som
dos rios   no seio
do bosque

o mistério
do não-ser
e a imensa geração
do Nada:

os que não vieram
os que não vão sofrer
não vão sonhar
nem vão morrer

feridos
pela fome
que devora

deus
nenhum

homem
nenhum

sonho
nenhum

Longe
do banquete
dos vivos
arde seu rosto
lívido de trevas

Que faz aqui
sozinha
esta árvore
severa
evanescente

calcinada?

O solitário se debate
em grumos
de silêncio e árvores
vazias

Guarda o lençol dessa beleza morta, fruto nenhum, pranto nenhum, contra o escarlate da impresença, paredes abissais, manchadas pela noite, longe de tudo, consumado nas ruínas de passado nenhum, de que se tornou prisioneiro, remansos e memórias, enseadas desertas, que já não protegem no dédalo da noite, que o solitário elege para si. E as nuvens que despedem farpas de remorso. E a chuva que se abate na cidade, em tempos idos.

Tormenta
onde saraivam
tempestades

tempestades
que o impedem

tempestades
que o impedem

tempestades
que o impedem
de partir

Mas de onde havia de chegar o semblante que sonhou e aplacar
os ventos da inquietação, a calmaria da espera a imobilizá-lo:

mais mineral
que a pedra

mais glacial
que o gelo

nas noites
formidáveis
no seio do Bósforo?

Como sair desse
antiuniverso
e abandonar
os que não vieram

        e libertar-se
de um abismo de sombras

de um sonho   negativo
de coisas

escuras   e plangentes

e desaguar
na beleza
de um corpo

que há de
libertá-lo

do tálamo
da morte?

Como recusar o ouro do meio-dia, corsário celeste que roubou das trevas a joia de um relicário guardado no cimo de vivas colunas, apoiadas

sobre
cedros e louros
que suportam
solenes palácios
erguidos
pelos deuses?

*

A memória do anjo

Eis a bela corredeira onde o jardim serve de abrigo e obstáculo, em que ressuma o amarelo, rei dos dias, embora triste e passageiro seu reinado sobre as flores do inverno, que acolhe outros súditos, além de humanos, solfas de passarinho, frêmitos de sombra, eflúvios matutinos.

Seguem
as águas
do Bósforo
sem desesperar
do próprio curso
a libertar-se em fundos
mares que acolhem

manhãs vigilantes
resíduos
de estelas e corcéis
de fogo

Camila:
um mar de evocação
e plenilúnio

saudades da tarde
e dos rios
saudades dos lírios
e das rosas
saudades de Camila
e um deus ausente

Quando, na harmonia das essências primordiais os signos desconheciam rotação, espelhos que eram da divindade refletida, quando as estrelas, e o curso dos rios, e as flores formavam um só destino, quando a equivocidade do ser tornava-se dual e imponderável, Camila era apenas forma, vontade, antemanhã do espírito.

Morre-me
aos poucos
Istambul

nos minaretes
despidos
na madrugada

nos seios
de Camila
atemporais

*

Lágrimas das coisas

Camila era jovem e sedutora. Seu corpo amanhecia como a ensolarada Palestina, jardins de Assurbanipal, entre sândalo e cedro. Seus olhos, noturnos, absolutamente noturnos, como sabem ser noturnas as noites da Síria – deuses mortos, astros sublimados –, seus olhos noturnos convidam o solitário

a dormir
o sono
da semelhança

exangue de auroras
e crepúsculos

abismando-se nas
trevas
de Bizâncio

Piscavam entretanto luminosos outdoors, acima dos prédios esguios de Istambul, sufocados na fumaça dos carros, monóxido e metano. Camila resistia bravamente, entre o Bósforo e o Paraíba, mergulhada em mares luminosos, de que não sabe, de que não pode libertar-se, em pleno céu.

Mas a noite de Camila
a promissora noite
de Camila
a esperada
noite de Camila

absolutamente
noturna como sabem
ser noturnas as noites
da Síria sem astros
ou deuses
a noite densa
de Camila
foi líquida e breve

O sono
a treva e o pôr do sol
      abriram linhas

         sísmicas

como se nada
mais pudesse
ficar de pé:

os céus
de Bizâncio
as luas
insones
e o silêncio
de Deus

O fim do
mundo
cortas as veias
de Istambul

luzes de
sódio e mercúrio
afogadas

em densa
nuvem
de cobalto

O rio da memória
    seguia
      indefinido

o próprio curso
levando
em seu dorso

deuses
monges
prostitutas

a um paraíso
demencial
de quimeras
supervenientes

onde
uma estranha
          e fulminante
presença   se desvela

Desenho uma
Istambul
sobre o meu peito

no coração
desta cidade
um mundo se perdeu

Bizâncio
morre
em minhas mãos

Camila
se dissolve
nos jardins
de Gálata

Morre Istambul
ao longo
do meu peito:

Lua
minguante
em céu escuro

Morrem
os lábios
de Camila

            e seu olhar

                azul

        circunferente

na gélida
manhã

                indiferente

        de Istambul

NOTAS

O poema "Bizâncio" ocorreu-me em Istambul. Caminhava de noite pela cidade. Arredores da praça Taksim. Procurava alguma coisa. Um livro, talvez. Um aroma. Um segredo. Foi completamente revisto em 2008.

Sombras do ocaso – p. 317
"O solitário vaga / com seus astros" são versos de minha tradução de Georg Trakl.

O fim da noite – p. 325
"Os que não vieram", em itálico, é do poema de Celso Furtado de Mendonça.
"Sobre / cedros e louros", em itálico, são versos de minha tradução de "Patmos", de Hölderlin.

Lágrimas das coisas – p. 331
"Desenho uma Istambul". Verso de Ataol Behramoğlu.

SONETOS MARINISTAS

Vós descobristes ao mundo o que ele era,
e eu vos descubro a vós, o que haveis de ser.
ANTÔNIO VIEIRA

Deh, qual furente nume sì rubella
a l'amor mio ti fe', ché già abborri
il mio penar, i miei sospir, o fella,
e la mia nera sorte non soccorri?

Ne l'imo di cotal mesta procella,
io ben veggio ch'al mio vascel non corri
a darmi il chiaro sol di tua favella
e ne l'amaro oblio di me tu incorri.

Ahimé! Ne' laberinti acquosi io vivo
ad aspettarti, o mai crudel consorte;
e se di nembi d'or alfin son privo,

e la mia trista, ruda, avara sorte
mi toglie alfin ogni piacer retrivo,
impari anch'essa ad abbracciar la morte.

*

Dês que vos conheci, minha Senhora,
eu vivo amargurado, em gran tristura,
pois sei que em vosso fero olhar demora
a sombra em que meu triste amor se apura.

Tam saudosa de vós, minh'alma implora
que cesse, alfim, tamanha desventura,
tamanha noute sem brilhar de aurora,
de que minh'alma tanto se amargura.

Aquebrantai, por fim, vossa esquivança,
não me deixai tam triste & descuidado:
pois, que me val viver dessa esperança

pera sofrer assi, desconsolado,
o grave desfavor de vossa herança,
de cujo amor me volto deserdado?

*

Questo limpido ciel, mare spumante,
ruscello aurato, fiori, colle chiaro,
sovvengonmi l'amata aurifiammante
e indarno il paragon m'è sempre avaro.

De' lumi 'l ciel racchiude 'l foco errante,
del seno 'l mar rassembra 'l buon riparo,
del cor il palpitar di rio tremante;
e sul bel crin de' picciol fior posaro.

E già non so vantar beltà cotante,
ne dar tesor unqua più degno e raro:
che 'l cor di questo sventurato amante,

a cui solingo & mesto 'l fato amaro
mi fe' non pago de l'amor d'innante,
poiché tu sei, crudel, druda d'Alvaro.

*

É de tal arte a dor de minha vida
que outra jamais a si não se compara,
e tam profunda & grave é essa ferida
que só o vosso amor sublima & sara.

Essa minh'alma triste e malferida
espera em vam vossa beleza clara
pera asinha salvá-la dessa vida
de dor, marteiro & solidão amara.

No cárcer deste insano amor fui preso,
ó desengano a que me obrigado o Fado!,
e que me faz tam cego & vilipeso.

Fora milhor, Senhora, não ser nado
que suportar vosso cruel desprezo,
morrendo así de vós tam degredado.

*

La notte è chiara e di soavi accenti
s'ingentilisce da' baglior di stelle;
di gigli profumati sono i venti,
di viole le colline son più belle.

Vedovo e privo di fatal torrenti,
respira 'l fiumicel aure novelle
a rispecchiar, tra madidi lamenti,
le stelle in ciel. E 'ndarno verso quelle,

innalzan gli usignol il dolce canto,
alle spere del ciel sì bello e puro:
e stendon su la terra un tristo manto

d'abisso e di silenzio malsecuro.
E 'l mio desir nel suo silenzio ammanto,
e fassi 'l mio dolor più grave e scuro.

*

Na clara fonte estáveis, Filomena.
tam bela, tam suave & tam fermosa,
após dormir num prado de açucena,
sonhando mirto e pétalas de rosa.

Mester fora olvidar sublime cena
que pera mi, Senhora, é desditosa:
ao ver-vos junto à fonte tam serena,
minh'alma se consome suspirosa.

Pesar de vossa triste negação,
cruel Senhora, e tanta imanidade
com que martirizais meu coração,

a vós confio a minha liberdade,
pois se não pordes fim à servidão
de meu baldado e triste amor, quem há-de?

*

Sotto i nembi d'amor, pe' campi d'oro,
i zefiretti delle selve ombrose
destan ricordi al cor, dolce martoro;
e passo le giornate venturose

a rammentar la dea cui tanto adoro,
assiso in grembo a le verdure ascose,
mentre dal nido un augellin canoro
mi fa languir tra gelsomini e rose.

Nel prato boschereccio ove m'assonno,
veggio 'l castel d'amor schiuder le porte
delle vaghezze che durar ben ponno;

finché lo tristo passo della morte
a sigillar s'appresti il grave sonno
di questa vita di caduca sorte.

*

Minha Senhor passava dantre as flores,
fermosa e delicada como a aurora,
num gracioso dédalo de olores,
não sei se do jardim ou da senhora.

Perdida nesse campo de esplandores,
cuidando do vergel, hora per hora,
minha Senhor olvida meus travores,
dês que foi presa polo amor de Flora.

Farto me vou de arbustos e de espinhos
com que vossa fereza caricia
os meus suspiros pobres e mesquinhos.

Como sofrer, Senhora, essa agonia,
se já não cantam mais os passarinhos,
agora que é chegado o fim do dia?

*

Cinzia, non indugiar, già soffia 'l vento,
e' dolci rai de l'alba senza velo
c'invitano a solcar mari d'argento,
poiché gentile e senza nube è 'l cielo.

Ogni periglio della notte è spento,
gli austri, la pioggia, i toni, i lampi, il gelo;
e omai di pace 'l mar spira un concento
sì dolce, e di dolzore già m'invelo

ver l'isola d'amor su questa barca,
d'amorosetti spirti e d'or contesta,
al vento mite che la vela inarca.

Cinzia, non indugiar, fatti più presta,
prima che tagli i fil la cruda Parca
di nostra picciol vita vana e mesta.

*

Senhora, que abalais a fortitude
desse meu pobre & desolado siso,
matai-me a dor que assi me desilude
de maginar em vós meu Paraíso.

E dai-me força pera a solitude
a que me sojugou vosso sorriso;
e agora que se afina a quïetude
com minha vida pago o desaviso

de tanto amar o vosso desamor,
que esmaga, dilacera &, alfim, tortura
o rudo e peregrino mantimento

de meu precário e sublimado amor,
aquebrantado pola desventura,
de me encontrar em vosso perdimento.

NOTA

Os sonetos foram escritos segundo as regras de outrora. Imaginei um poeta luso-brasileiro em diálogo com um poeta italiano. Entretanto, ao imaginar dois poetas que me habitam (quem sabe os oficiantes de Santa Sofia), decidi-me por uma aparência discursiva, como se fosse um espelho bilíngue.

FACES DA UTOPIA: VISITAÇÕES

Olha para tudo com olhar ambíguo
MURILO MENDES

Rûmî (1207-1273)

Sentadas no palácio duas figuras,
são dois seres, uma alma, tu e eu.
Um canto radioso move os pássaros
quando entramos no jardim, tu e eu!
Os astros já não dançam e contemplam
a lua que formamos, tu e eu!
Enlaçados no amor, sem tu nem eu,
livres de palavras vãs, tu e eu!
Bebem as aves do céu a água doce
de nosso amor, e rimos tu e eu!
Estranha maravilha estarmos juntos:
estou no Iraque e estás no Khorasan.

*

Morrei, morrei, de tanto amor morrei,
morrei, morrei de amor e vivereis.
Morrei, morrei, e não temeis a morte,
voai, voai bem longe, além das nuvens.
Morrei, morrei, nesta carne morrei,
é mero laço, a carne que vos prende!
Vamos, quebrai, quebrai esta prisão
Sereis de pronto príncipes e emires!
Morrei, morrei aos pés do Soberano:
e assim sereis ministros e sultões!
Morrei, morrei, deixai a triste névoa,
tomai o resplendor da lua cheia!
O silêncio é sussurro de morte,
e esta vida é uma flauta silente.

*

Moro na transparência desses olhos,
nas flores do narciso, em seus sinais.
Quando a Beleza fere o coração
a sua imagem brilha, resplandece.
O coração enfim rompe o açude
e segue velozmente rio abaixo.
Move-se generoso o coração,
ébrio de amor, em sua infância, e salta,
inquieto, e se debate; e quando cresce,
põe-se a correr de novo enamorado.
O coração aprende com Seu fogo
a chama imperturbável desse amor.

Yunus Emre (c.1238-c.1320)

Tu chegaste triste e só?
Por que choras, rouxinol?
Distante, o voo penoso?
Por que choras, rouxinol?

Visitaste glaciares?
Cruzaste rios e mares?
Longe se foi teu amor?
Por que choras, rouxinol?

Como duram teus suspiros,
Quanto cresce a minha dor,
Queres ver o amado agora?
Por que choras, rouxinol?

As asas podes soltar
em voo podes fugir
e a nuvem podes cruzar
Por que choras, rouxinol?

Fortes, cidades perdeste?
A tua honra feriste?
Teu amado vai distante?
Por que choras, rouxinol?

Teu valor acaso ignoram?
Não te guardam na memória?
Teu amor já foi embora?
Por que choras, rouxinol?

Vives em jardins de rosas
E as minhas dores renovas
Suspiras como Yunus
Por que choras, rouxinol?

Joachim du Bellay (1522-1560)

Sacros montes, e vós santas ruínas,
que só de Roma o nome conservais,
antigos monumentos, que guardais
o honroso pó de tais almas divinas:

ao céu onde arcos e torres destinas,
e só de ver-vos o céu assustais,
ah! aos poucos em cinzas vos mudais,
lendas do povo e públicas rapinas!

Se por um tempo ao tempo fazem guerra
os edifícios, o tempo entrementes
obras e nomes eis que sempre aterra.

Tristes desejos, vivei pois contentes:
se o tempo leva ao fim coisa tão dura,
há de pôr fim à minha desventura.

*

Astros cruéis, e deuses desumanos,
céu invejoso, e madrasta natura,
quer pela ordem, quer pela ventura,
corra o processo dos faustos humanos,

por que obraram vossas mãos, tantos anos,
a plasmar esse mundo que assim dura?
Por que não foi com tal matéria dura
feita a fronte dos palácios romanos?

Não hei de repetir sentença crua,
de que tudo que vive sob a lua
se dissolve e é sujeito a perecer:

Digo porém (e tal não aborreça
a quem oposta matéria ofereça)
que um dia esse grã Todo há de morrer.

San Juan de la Cruz (1542-1591)

Noite escura

*Canções da alma que goza o ter
chegado ao alto estado de perfeição,
que é a união com Deus, pelo caminho
da negação espiritual*

Em uma noite escura,
com ânsias em amores inflamada,
ó ditosa ventura!,
saí sem ser notada,
estando minha casa sossegada.

Na escuridão, segura,
pela secreta escada disfarçada,
ó ditosa ventura!,
na escuridão, velada,
estando minha casa sossegada.

Na noite mais ditosa
em segredo, pois que ninguém me via,
de nada mais ciosa,
sem outra luz ou guia,
se não a que no coração ardia.

Essa luz me guiava
mais certa do que a luz do meio-dia,
lá onde me esperava,
quem eu bem conhecia,
num canto em que ninguém aparecia.

Ó noite que guiaste!,
ó noite mais amável que a alvorada!,

ó noite que juntaste
Amado com amada,
amada em seu Amado transformada.

Em seu peito florido
que todo para ele eu só guardava,
ali ficou dormindo,
e eu sempre o regalava
e o ventalho de cedros brisa dava.

Da ameia a brisa amena,
quando só seus cabelos afagava,
com sua mão serena
o meu colo tocava
e todos meus sentidos suspendia.

Deixei-me e olvidei-me,
o rosto reclinei sobre o Amado,
cessou tudo e deixei-me
deixando o meu cuidado
por entre as açucenas olvidado.

*

Chama de amor viva
*Canções da alma em
íntima comunicação
de união com Deus*

Ó chama de amor viva,
que ternamente feres
dessa minha alma o mais profundo centro!
Se já não és esquiva,
acaba já, se queres,
ah! Rompe a tela desse doce encontro!

Ó cautério suave!,
ó regalada chaga!,
ó mão tão leve, ó toque delicado!,
que a vida eterna sabe,
a dívida selada!
Matando, a morte em vida transformada.

Ó lâmpadas de fogo,
em cujos resplendores
as profundas cavernas do sentido,
que estava escuro e cego,
com estranhos primores
calor e luz dão junto ao seu Querido!

Quão manso e amoroso
despertas em meu seio,
lá onde tu secretamente moras,
nesse aspirar gostoso
de bem e glória cheio,
quão delicadamente me enamoras!

Francisco de Quevedo (1580-1645)

Significa-se a Própria Brevidade da Vida, sem Pensar, e ao Padecer, Assaltada pela Morte

Ontem foi sonho; amanhã será terra!
Pouco antes, nada; pouco depois, fumo!
E destino ambições, e já presumo
Um só momento ao cerco que me encerra!

Breve combate de importuna guerra,
E, na defesa, sou perigo sumo;
Quando com minhas armas me consumo,
Menos me hospeda o corpo, que me enterra.

O ontem se foi; o amanhã não é dado;
Hoje passa, é, e foi com movimento
Que me conduz à morte despenhado.

Enxadas são as horas e o momento,
Pagas por minha pena e meu cuidado:
Cavam em meu viver meu monumento.

*

Arrependimento e Lágrimas Devidas
ao Engano da Vida

Foge sem perceber-se, lento, o dia,
E a hora tão secreta e recatada
Se abeira silenciosa e desprezada,
Levando embora minha louçania.

A vida nova, que na infância ardia,
A juventude robusta e enganada,
No derradeiro inverno sepultada,
Em negra sombra jaz, em neve fria.

Não senti resvalar, mudos, os anos;
Hoje choro-os passados, e os vejo
Rindo de minhas lágrimas e danos.

O meu remorso deva a meu desejo,
Pois me devem a vida os meus enganos,
E crer no mal presente não almejo.

*

Descuido do Distraído Viver a quem a Morte chega Inesperada

Viver é caminhar breve jornada,
E morte viva é, Lico, nossa vida,
Ontem ao frágil corpo amanhecida,
Cada instante no corpo sepultada.

Nada que, sendo, é pouco, e será nada
Em pouco tempo, que ambiciosa olvida;
Pois, da vaidade mal persuadida,
Deseja duração, terra animada.

Levada por um falso pensamento
E de esperança, enganadora e cega,
Tropeçará no próprio monumento.

Como o que, distraído, o mar navega,
E, sem mover-se, voa com o vento,
E, antes que pense em abeirar-se, chega.

*

A Roma sepultada em suas Ruínas

Buscas em Roma a Roma, peregrino!,
E em Roma vês apenas as mortalhas:
Cadáver são as que ostentou medalhas
E tumba de si próprio o Aventino.

E jaz onde reinava o Palatino;
Pelo tempo limadas, as medalhas
Mais se mostram destroços às batalhas
Dos tempos idos que brasão latino.

Só o Tibre ficou, cuja corrente
Se a cidade regou, já, sepultura,
A chora com funesto som dolente.

Ó Roma! Em tua grandeza e formosura,
Fugiu o que era firme, e tão-somente
O fugitivo permanece e dura.

*

Salmo XXVIII do Heráclito Cristão

Amor me teve alegre o pensamento,
E no tormento, cheio de esperança,
Enchendo-me com falsa confiança
Os olhos claros desse entendimento.

E provo do passado um só tormento;
Pois ao chegar ao porto com bonança,
De quanta glória e bem-aventurança
O mundo possa dar-me, tudo é vento.

Sinto vergonha dos passados anos,
Aos quais pudera dar um melhor uso,
Buscando a paz e não seguindo enganos.

E assim, meu Deus, a Ti volto confuso,
Certo que hás de livrar-me desses danos;
Pois sei a minha culpa e não a escuso.

*

Na Morte de Cristo contra a Dureza do Coração do Homem

Porque derrama noite o sentimento
Por todo o cerco dessa chama pura,
E amortecido o sol em sombra escura
Dá lágrimas ao fogo e voz ao vento;

Porque da morte o negro encerramento
Descobre com tremor a sepultura.
E o monte, que separa da planura
O mar vizinho, se divide atento,

De pedra é, homem duro, de diamante
Teu coração, pois morte tão severa
Aos olhos não afoga teu semblante.

Mas de pedra não é. Porque deveras
De compaixão por ver a Deus amante,
Ao resvalar nas pedras se rompera.

*

Amor que sem se deter no Aspecto Sensitivo
passa ao Intelectual

Mandou-me, ai Fábio!, que a amasse Flora,
E que não a quisesse; meu cuidado,
Obediente, confuso e atormentado,
Sem desejá-la, tal beleza aflora.

O que o humano afeto sente e chora,
O entendimento goza, enamorado
Do espírito sem fim, encarcerado,
Nesse claustro mortal que o entesoura.

Amar é conhecer virtude ardente;
E o querer é vontade interessada,
Grosseira e descortês caducamente.

O corpo é terra, há de ser, e foi nada;
De Deus procede à eternidade a mente:
Eterno amante sou de eterna amada.

*

Afetos vários do seu Coração flutuando nas Ondas dos Cabelos de Lisis

Em crespa tempestade de ouro undoso,
Nada golfos de luz ardente e pura
Meu coração, buscando formosura,
Se o cabelo desatas generoso.

Leandro, em mar de fogo proceloso,
Exibe seu amor e a vida apura;
Ícaro, em senda de ouro mal segura,
As asas queima pra morrer glorioso.

Com pretensão de fênix, incendidas
As esperanças, que defuntas choro,
Tenta que sua morte engendre vidas.

Avaro e rico e pobre, no tesouro,
No castigo e na fome imita a Midas,
Tântalo em fugitiva fonte de ouro.

Angelus Silesius (1624-1677)

Devemos ser um

Se nós fôssemos um, eu e tu, tu e eu,
Havia de ser o céu mil vezes céu.

*

Um coração escuro não enxerga

Se a tocha não arder, vigia a luz do fogo,
como reconhecê-lo, ao abeirar-se, o esposo?

*

Como tudo abandonar de uma só vez

Queres abandonar, amigo, o mundo inteiro?
Procura teu amor-próprio odiar primeiro.

*

Há milhares de sóis

Pensas que um sol apenas há no firmamento,
Eu digo haver milhares, sem comedimento.

A pedra resistente

Um homem virtuoso é como a pedra:
Desaba a tempestade, ele não quebra.

*

Ama-se também sem conhecer

Apenas uma coisa amo, desconhecida,
Não sabendo o que é, foi por mim escolhida.

*

Não sabemos quem somos

Não sei quem sou e ainda menos o que conto;
A coisa e seu contrário, o círculo e o ponto.

*

No centro tudo se vê

Quem elegeu o centro por residência,
Abraça num olhar a circunferência.

Friedrich Hölderlin (1770-1843)

Sócrates e Alcibíades

Por que, sagrado Sócrates, a este jovem
Te afeiçoas? Não conheces nada maior?
Por que amorosos, como aos deuses,
Teus olhos o perseguem?

Quem mais pensa ama o que mais vive,
Quem fixa o mundo atinge a excelsa juventude,
E os sábios por fim
Ao Belo se inclinam.

*

Brevidade

Por que és tão breve? Não amas porventura
O canto como outrora? Pois quando jovem
Nos dias da esperança
Jamais cessavas de cantar!

Minha ventura segue a canção. Tu desejas
Banhar-te alegre ao fim da tarde? O sol se foi,
A terra é fria e a ave noturna
Voa sinistra ao teu olhar.

*

Diotima

Vem serenar-me, tu que outrora os elementos conciliavas,
Êxtase da musa celeste, o caos do tempo!

Preside ao fero embate com ecos de paz celestial,
Até que no peito morrente cesse toda a discórdia.

Até que a antiga natureza humana, subida e serena,
Longe do fermentar do tempo, erga-se forte e feliz!

Volta ao coração vazio das gentes, viva beleza,
Volta à mesa hospitaleira, volta enfim ao templo!

Pois Diotima vive, como as tenras flores no inverno,
Rica de seu espírito apenas, em busca do sol.

Mas o sol do espírito, o mundo mais belo, se pôs
E em noite glacial atroam tempestades.

*

Pôr do sol

Onde estás? Minha alma anoitece-me bêbada
De todas as tuas delícias; ouvia
O sol gracioso e adolescente
Tirar da lira celeste as áureas

Notas de seu canto noturno;
Ecoam em torno os bosques e as colinas.
Mas ele já está longe, onde as gentes
Devotas inda sabem honrá-lo.

Georg Trakl (1887-1925)

Crepúsculo de inverno
a Max von Esterle

Céus escuros de metal.
Nas vermelhas revoadas
voam gralhas esfaimadas
sobre um parque fantasmal.

Rompe um raio glacial;
ante pragas infernais
giram gralhas vesperais;
sete pousam no total.

Na carniça desigual,
bicos ceifam em segredo.
Casas mudas metem medo;
brilha a sala teatral.

Ponte, igrejas, hospital
hórridos na luz exangue.
Linhos grávidos de sangue
incham velas no canal.

*

Romança à noite

O solitário passa pela rua:
é meia-noite e brilha o firmamento.
Levanta-se o menino sonolento,
Seu vulto pardo se desfaz com a lua.

A doida dos cabelos soltos chora
aflita nas janelas engradadas.
Passeiam junto ao lago de mãos dadas
casais de namorados noite afora.

Sorri um assassino embriagado.
Do medo de morrer treme o doente.
A monja reza nua e penitente
aos pés do Salvador crucificado.

A mãe no sono canta delicada.
De noite mansamente uma criança
olhando com olhar veraz descansa.
Ressoa no bordel a gargalhada.

Na luz de sebo que ilumina a adega
O morto vai traçando com mão pálida
um mau silêncio na parede esquálida.
No sono o adormecido inda sossega.

*

Na escuridão

A alma silencia o azul da primavera.
Entre a úmida ramagem do ocaso,
freme a fronte dos amantes.

A cruz verdeja! Em escuro colóquio
reconheceram-se homem e mulher.
No muro esquálido
o solitário vaga com seus astros.

Nas sendas do bosque, ao clarão da lua,
afundou na mata
de esquecidas caças; olhar do azul
irrompe das rochas em ruínas.

*

As ratazanas

A lua resplandece no quintal.
Das telhas caem sombras soberanas.
Janelas de silêncio glacial;
afloram quietamente as ratazanas

e céleres sibilam em surdina,
quando um horrível bafo se acentua
na boca semiaberta da latrina,
onde cintila espectralmente a lua.

E loucas vociferam de cobiça,
buscando em toda a casa os alimentos:
a fruta, o cereal e a hortaliça.
Nas trevas gemem gélidos os ventos.

Ștefan Petică (1877-1904)

A donzela desconhecida
De "L'étrangère" de Éphraïm Mikhaël

O coro cantava um canto estranho e nobre, um canto de terras distantes:

"Ela surgiu numa noite branca e misteriosa, e para longe ofereceu à multidão exausta as suas mãos suaves como flores de paz. Trazia nos cabelos e nas vestes um infindável perfume de glória e divindade e, porque dormira sob estrelas sagradas, seu corpo inteiro irradiava claridade.

Ela chegou, quando uma sombra olímpica enchia os céus desertos, e seu manto era tecido de prata e no seu roso virginal a noite dava místicos afagos, e o vento lhe dizia de volúpias vagarosas. Enquanto se acendiam pálidas luzes na cidade, ela caminhava ao encalço do fabuloso amante, digno de seus beijos.

E a multidão a viu e a multidão gritou:

'Vá embora! Temos medo de teus olhos cheios de aurora. Queres trazer de volta à vida velhos sonhos e luzentes ideais, enquanto nós matamos os velhos sonhos e os luzentes ideais.'

A multidão a viu e a multidão gritou.

As mulheres a viram e ao abandonar as casas, esquecidas das tarefas e da triste vida, seguiram a altiva estrangeira que espargia por onde passava celestiais perfumes e cumpria na sombra o gesto dos jovens deuses e dos lírios cintilantes.

A noite se estendia criminosa; o céu floriu com límpidas estrelas, luzindo como um jardim milagroso e as mulheres sentiram crescer em seu coração gélido a ira fulgurante. No fundo dos olhos invejosos via-se arder a misteriosa ferocidade de quem profana a beleza.

E com pedras cortantes e pesadas palavras fecharam a boca que conhecia o segredo das palavras melodiosas, e sobre a divina morta com as suas mãos imundas vingaram-se do amor, dos sonhos e dos ideais."

Ah! Onde foi que ouvi esse canto outra vez?

George Bacóvia (1881-1957)

No fim

Poesia, poesia...
amarelo, cor de chumbo, violeta...
e a rua deserta...
e a espera tardia,
e parques congelados...
poeta e solitário...
amarelo, cor de chumbo, violeta,
a sala deserta,
e a noite tardia...
perfume doloroso
e secular...
eternidade afora

*

Crepúsculo de inverno

Crepúsculo de inverno, frio, metal
Um prado alvíssimo – longo sem fundo –
já vem remando um corvo nesse mundo,
cortando o horizonte em diagonal.

As árvores na neve são cristal.
Funestos pensamentos eu absorvo,
e volta o mesmo silencioso corvo,
cortando o horizonte em diagonal.

Dino Campana (1885-1932)

Pampa

Quiere Usted Mate?, disse-me um espanhol em voz baixa, como que para não perturbar o profundo silêncio dos pampas. As tendas se alongavam a poucos passos de onde nós, sentados em círculo, em silêncio, olhávamos de quando em quando, furtivamente, as estranhas constelações que douravam o segredo da pradaria noturna. Um mistério grandioso e veemente fazia fluir com refrigério de veia refrescante e profunda nosso sangue nas veias – que nós saboreávamos com volúpia misteriosa – como nas taças do silêncio puríssimo e estrelado.

Quiere Usted Mate? Recebi a cuia e tomei a bebida quente.

Atirado na grama virgem, diante das estranhas constelações eu me abandonava aos jogos misteriosos de seus arabescos, embalado deliciosamente pelos sons mortiços do bivaque. Meus pensamentos flutuavam: seguiam-se minhas lembranças: que deliciosamente pareciam submergir para reaparecer, de quando em quando, lucidamente transumanadas na distância, como através de um eco profundo e misterioso, na infinita majestade da natureza. Lentamente, gradualmente, eu me erguia à ilusão universal: das profundezas do meu ser e da terra eu seguia nos caminhos do céu a senda aventurosa dos homens à felicidade através dos séculos. As ideias resplandeciam na mais pura luz estelar. Dramas admiráveis, os mais admiráveis, os mais admiráveis da alma humana palpitavam e ressoavam nas constelações. Uma estrela fluente em percurso magnífico marcava em linha gloriosa o fim do curso da história. Aliviada, a balança do tempo parecia reerguer-se lentamente, oscilando: num maravilhoso instante imutavelmente no tempo e no espaço alternando os destinos eternos.

Um disco lívido espectral aflorou no horizonte distante perfumado, irradiando reflexos álgidos de aço sobre a pradaria.

O crânio que se levantava lentamente era o estandarte formidando de um exército, que lançava tropas de cavaleiros com as lanças em riste, afiadíssimas, resplandecentes: os índios mortos e vivos precipitavam-se à reconquista de seu domínio de liberdade num salto fulmíneo. As ervas dobravam-se num leve gemido, ao vento de sua passagem. A comoção do silêncio intenso era prodigiosa.

O que fugia sobre a minha cabeça? Fugiam as nuvens e as estrelas, fugiam: entretanto os negros pampas agitados fugiam em intervalos na selvagem negra corrida do vento, ora mais forte ora mais fraco, como um distante fragor férreo: de quando em quando à melancolia mais profunda do errante um chamado... das crinas das ervas agitadas, semelhando à melancolia mais profunda do eterno errante pelos pampas, de novo sacudidos como um chamado que fugia lúgubre.

Eu estava no trem que corria: deitado no vagão sobre a minha cabeça fugiam as estrelas e os sopros do deserto num fragor férreo: encontro as ondulações como de dorsos de feras prontas para atacar: selvagens, negros, varados pelos ventos os pampas, que corriam ao meu encontro para tomar-me em seu mistério: pois a corrida penetrava, penetrava com a velocidade de um cataclisma: onde um átomo lutava no turbilhão ensurdecedor no lúgubre estrondo da corrente irresistível.

Onde eu estava? Estava de pé: estava de pé: nos pampas, na corrida dos ventos, de pé nos pampas, que voavam ao meu encontro: para tomar-me em seu mistério! Um novo sol ter-me-ia saudado pela manhã! Eu corria entre as tribos dos índios? Ou era a morte? Ou era a vida?

E jamais, jamais me pareceu que aquele trem devesse parar: entretanto o som lúgubre das ferragens comentava-lhe incompreensivelmente o destino. Depois, o cansaço no gelo da noite, a calma. O deitar-se no prato de ferro, o abismar-se nas estranhas constelações que se precipitavam entre véus leves prateados: e toda a minha vida tão semelhante àquela corrida fantástica irrefreável, que me tornava à mente em vagas amargas e veementes.

A lua banhava agora os pampas desertos e iguais num silêncio profundo. De quando em quando, nuvens brincavam com a lua, sombras imprevistas corriam pela pradaria, e ainda uma claridade imensa e estranha naquele grande silêncio.

A luz das estrelas agora impassíveis era mais misteriosa na terra infinitamente deserta: uma pátria mais vasta o destino nos dera: um mais doce calor natural habitava o mistério da terra selvagem e amena. Agora, quase adormecido, eu acompanhava alguns ecos de uma emoção admirável, ecos de vibrações cada vez mais distantes: até quando, mesmo com os ecos, a emoção admirável desapareceu. E foi então que no meu entorpecimento final senti com delícia o homem novo nascer: o homem nascer reconciliado com a natureza inefavelmente doce e terrível: deliciosa e orgulhosamente sulcos vitais nascer nas profundezas do ser: fluir das profundezas da terra: o céu como a terra no alto, misterioso, puro, deserto da sombra, infinito.

Levantei-me. Sob as estrelas impassíveis, na terra infinitamente deserta e misteriosa, da sua tenda de homem livre estendia os braços para o céu infinito não deturpado pela sombra de Nenhum Deus.

Velimir Khlébnikov (1885-1922)

Meninas, aquelas que passam,
calçando botas de olhos negros,
nas flores de meu coração.
Meninas que pousam as lanças
no lago de minhas pupilas.
Meninas que lavam as pernas
no lago de minhas palavras.

*

Eu e a Rússia

A Rússia libertou milhares e milhares.
Um gesto nobre! Um gesto inesquecível!
Mas eu tirei a camisa
e cada arranha-céu espelhado de meus cabelos,
cada ranhura
da cidade do corpo
expôs seus tapetes e tecidos de púrpura.
As cidadãs e os cidadãos do estado Mim
juntavam-se às janelas dos cabelos,
as olgas e os ígores,
não por imposição,
mas para saudar o sol através da pele.
Caiu a prisão da camisa!
Nada mais fiz que tirá-la.
Estava nu junto ao mar
Dei sol aos povos de Mim!
Assim eu libertava
milhares e milhares.

*

Dostoievismo de nuvem fugaz!
Pushkínotas de um lento meio-dia!
A noite tiucheviza sempre mais,
cobrindo de infinito as cercanias.

*

Eu vos contemplo, ó números!,
Vestidos de animais, em suas peles,
As mãos sobre carvalhos destroçados,
Mostrais a união entre o serpear
Da espinha dorsal do universo e a dança da balança.
Permitis a compreensão dos séculos, como os dentes numa breve gargalhada.
Meus olhos se arregalam intensamente.
Aprender o destino do Eu, se a unidade é seu dividendo.

*

— Senta, Gul Mulá!
Uma bebida quente banhou o meu rosto.
— Água negra? Olhou-me Ali Mohammed, pondo-se a rir:
— Eu sei quem você é.
— Quem?
— Um Gul Mulá.
— Um sacerdote das flores?
— Sim-sim-sim,
Rema e sorri.
Navegamos num golfo de espelho
junto a uma nuvem de amarras e monstros de ferro
chamados "Trótski" e "Rosa Luxemburgo".

Rainer Maria Rilke (1875-1926)

Deve ser agora o anjo raro
que bebe lentamente em meus traços
o vinho mais límpido e mais claro.
Sedento, quem guiou os teus passos?

Tens sede. Tu a quem a torrente
de Deus se abisma em todas as veias.
Estás sedento. Vamos alheia-te à sede,
(chegaste de repente!)

Eu sinto, ao fluir, o teu olhar
seco, e se me volto porventura
ao teu sangue, é para mergulhar
as tuas sobrancelhas tão puras.

*

Se fui ou ainda sou, teu passo
me ultrapassa, negror luminescente.
E o sublime que preparas no espaço
acolho em minha face evanescente.

Ó noite, como passo a contemplar-te:
e vai todo meu ser precipitar-se
a teu encontro, ousado, em toda a parte.
Como pode a sobrancelha, destarte,
erguer-se além da torrente do olhar?

Digamos, a natureza! Em unidade
destemor e harmonia: a vida lá fora
e a estrela, da qual sem saber sinto saudade:
quero praticar agora,   a impassibilidade
da pedra na primazia   de sua figura.

*

Ao levantar os olhos do livro, das linhas próximas, e ao deixar
                                                              [de vê-las
para contemplar a noite perfeita:
oh! os sentimentos pressionados se dispersam quais estrelas,
como a fita de um maço
de flores desfeita.

Juventude suave e severa, árdua indecisão,
ardores e arqueamentos delicados –
por toda a parte o desejo de corresponder e em parte alguma
                                                                               [ambição;
terra suficiente, mundo demasiado.

*

Olha. Os anjos espalhando no espaço
seus raros sentimentos incessantes.
Nosso ardor lhes seria congelante,
olha, esses anjos queimando no espaço.

Se a nós, que tudo resta ignorado,
algo se opõe e algo corre em vão,
eles seguem, impassíveis, voltados
a seus domínios de perfeição.

Boris Pasternak (1890-1960)

Agosto

Fiel à sua promessa, de manhã,
o sol deixou o quarto iluminado
e com um rastro oblíquo de açafrão
passava do sofá ao cortinado.

Um ocre tão ardente ele derrama
pelo bosque, pelas casas da aldeia,
ao longo do travesseiro e da cama,
junto à parede, atrás das prateleiras.

Percebi meu travesseiro molhado
e aos poucos recordei-me do motivo.
Chegaram para a minha despedida
os amigos, no sonho, em comitiva.

Todos seguiam, a sós ou aos pares,
e alguém se recordou que na ocasião,
seis de agosto no velho calendário,
era o dia da Transfiguração.

Uma luminosidade sem chama
resplandece pelo monte Tabor.
E qual presságio, o luminoso outono
reclama para si muitos olhares.

Todos passavam tristes, abalados,
no trépido amieiral do campo-santo,
e o bosque, tal gengibre avermelhado,
já recordava alguns pratos picantes.

Na muda extremidade do arvoredo,
vizinho próximo, o céu repousava.
Cantavam muitos galos afinados
e, ao longe, essas distâncias ecoavam.

Olhava a morte, agrimensor macabro,
no cemitério, junto da espessura,
o meu semblante pálido e pesado,
para cavar a minha sepultura.

Fisicamente todos percebiam
junto de si uma clara canção.
A minha voz profética se ouvia,
livre de toda decomposição:

"Adeus, azul da Transfiguração,
ouro da festa de Nosso Senhor.
Alivia a derradeira aflição
com a doce carícia da mulher.

Adeus, dias terríveis. A voragem
da humilhação desafiaste, e agora
melhor nos separarmos na fuligem;
serei, amada, teu campo de guerra.

Adeus, impulso de asa levantada,
e voo da mais livre obstinação,
o mundo na palavra revelado,
nascente de milagres, criação".

*

Aurora

Estavas por inteiro em meu destino.
Depois veio com a guerra o malefício,
e mais de ti não soube, ó desengano!,
sequer uma palavra, uma notícia.

Passou-se muito tempo, mas agora
a tua voz abriu minha ferida.
Leio tua palavra noite afora,
e volto de um desmaio para a vida.

Quero buscar no vigor matutino
a multidão: com ela confundir-me.
Estou pronto a disseminar ruínas
pôr de joelhos a todos, inermes.

Eu desço apressadamente as escadas
e vejo ao meu redor ruas abertas,
e tanta neve cobrindo as calçadas,
como a primeira vez, nuas, desertas.

Se muitos bebem chá em salas claras,
outros seguem os bondes apressados.
Dentro de alguns minutos, sem demora,
mal se conhece o rosto da cidade.

E tece o vento norte nos portais
uma teia de flocos condensada.
E, para não chegar tarde demais,
muitos deixam o chá pela metade.

Tamanho sofrimento me comove,
como se tanta dor em mim coubera,
pois também me dissolvo como a neve
e movo as sobrancelhas com a aurora.

Gente sem nome está junto de mim,
são árvores, meninos, sedentários.
Sou vencido por todos, pois assim
me reconheço pronto na vitória.

Ion Barbu (1895-1961)

Do Tempo, deduzido

Do tempo, deduzido o abismo em calma crista,
assomada no espelho, num azul maduro,
a cortar a imersão dos rebanhos agrestes,
nos grupos de água, um jogo segundo, mais puro.

Nadir latente! Segue o poeta a ampliar
as harpias seminais, que em voo inverso perdes,
e o canto cessa oculto: no seio do mar,
divagam águas-vivas de corolas verdes.

*

Timbre

O pífano esquecido e a gaita sem vigor,
murmuram sua mágoa ou cantam sem medida...
mas a pedra em oração, da argila despida,
e a onda, noiva sob o céu, que vão dizer?

Um cântico virá do florescer ingente,
qual sedoso sussurro do sal junto ao mar;
o louvor ao jardim dos anjos, o assomar,
na costela viril, do torso de Eva ardente.

Marin Mincu (1944-2009)

Eu me admiro da mão que escreve
agora este verso
que se move preguiçoso
e se detém
no espaço entre duas palavras
no espaço entre o dente e a voz
entre o dente e seu alvéolo
embebido de sangue
no espaço entre o osso e a carne
como se
a mão
tudo fosse

*

Atrás da máquina de escrever
a impressão deixada
o dedo preso
ao gatilho
não resta senão
a palavra
lavra
avra
a

*

Sob a aurora cercada de luzes
ninguém se mostra
o cautchu amolece e desaba
pela calçada anônima
não vemos nada além do horizonte
uma árvore se despe das folhas e morre solitária

*

Muitas voltas sem descanso
abrem-se nas profundezas as moitas de coral
não mais que gordas pastagens
somente cabras negras de chifres brancos
em longas conversas

George Popescu (1948)

Estou seduzindo o sangue homérico

Les actions du poète ne sont que la conséquence des énigmes de la poésie.
RENÉ CHAR

ninguém tomou Cassandra pelo braço
(ecoavam junto à margem canções de bêbados
tão tristes para ver a lua)

negras papoulas deitam fumaça nos ninhos do verão
prestes a chegar: a prova das folhas
junto à neve azul

no verso da página ainda se veem
as intraduzíveis chagas do poeta
aposentado pelos férreos deuses

cego pelo asfalto que me seduz
esboço de silêncio orvalhado
no estuário de um verso que passou
na guilhotina do presente em tempestade

estou seduzindo o sangue homérico
numa taberna crestada de medo

quem mais passou nas pedras ardentes
da fábula que engoliu
grandes partes da profecia
daquela morte eterna?

no copo do forasteiro
o vinho se envenena na espera.

A faca impiedosa e as preocupações mecânicas

Viciada, sim: a faca no entanto
cortou bem fundo aqui – até o osso
no cerne do ser esquecido
a faca impiedosa cortou dias e noites

e contudo na colina abrasada de rosas
o Senhor aplacava seu próprio suspiro

apaziguava seu próprio suspiro na colina
grávida de rosas também o Senhor
esmagado com minhas preocupações mecânicas

*

O adormecer do sinal

ergue-se a relva
do areal do medo
e foge por entre espinhos
de uma inocência que não tem fim

apanho o rio pela crina dos salgueiros
e o levo às cercanias
de teu nome
para um destino de pedra esquecida

meu nome segue
assoviando pelo canavial
desta atópica favela
de Marco:

o sinal vai dormir
sob o centeio de teus olhos
de menino
abandonado pelo anjo assustador

★

A desordem do medo

Qui convertit l'aiguillon en fleur arrondit l'éclair.
RENÉ CHAR

o braço do homem antiquado
sob a pobreza dessa manhã sem dentes

o mendigo na esquina busca o sono
nas cinzas de um alfabeto infantil
o tempo edificou sua morada
junto ao canavial escasso da palavra

ultraje do instante inesperado
sobre o ardente cavalo da espera

verso descalço sob um céu descalço
cava exaustivo e chega ao imo do cristal

quando se move o caracol espalha
telas brancas na desordem do medo

dos manuscritos árabes
acendem-se as hastes
de uma sideral dissipação

Tozan Alkan (1963)

Tinta sobre a língua

Essa tinta sobre a língua
as mudas páginas brancas

O sabre cinde a cintura
lacera as páginas brancas

O vento corta a ramada
um tênue fio nos separa

e segues sempre calada
tornando as páginas brancas.

NOTAS

O conjunto de poemas resulta de uma reedição radical do livro *Faces da utopia* (Niterói: Cromos, 1992) a que se agregam outros poemas originários dos volumes assinalados abaixo e revistos. Mantive apenas a ideia, mas não a seção "Visitações" de *Bizâncio*. Seria preciso fazer uma nova tradução daqueles poemas.

    A reedição do livro fez-se necessária. Não poucos erros de tipografia redundaram em consequências ortográficas. Não só: a opinião de Claudio Magris, v.g., foi atribuída a outra personalidade. No entanto, a editora Cromos fez história em sua cidade. Registro minha amizade com os saudosos Angelo e Wilma Longo, editores, a quem dedico estas páginas.

Rûmî – p. 348
A flauta e a lua (com Luciana Persice). Rio de Janeiro: Bazar do Tempo, 2016.
Reúne os meus dois livros sobre o poeta persa. Dedicados sempre aos saudosos Armando Erik de Carvalho, Kitty de Carvalho e Daniela Connoly.

Yunus Emre – p. 351
Caderno azul. São Paulo: Patuá, 2023.

Joachim du Bellay – p. 354
Textos inéditos.

San Juan de la Cruz – p. 357
Pequena antologia amorosa. Rio de Janeiro: Lacerda, 2000.

Francisco de Quevedo – p. 361
Faces da utopia. Niterói: Cromos, 1992, com pequenas alterações.

Angelus Silesius – p. 370
A paz delicada. Goiás: Martelo, 2017 (tradução original de 1994 revista).

Friedrich Hölderlin – p. 373
Faces da utopia. Niterói: Cromos, 1992. Trata-se de uma terceira versão dos poemas de Hölderlin, considerando-se a segunda aparição nos meus *Poemas reunidos*. Havia antes maior intertextualidade com a tradução de Hölderlin por Manuel Bandeira, tal como fez Aníbal Caro, ao interpolar versos de Dante na tradução da *Eneida*. Bandeira: poeta-estandarte de minha juventude.

Georg Trakl – p. 377
Poemas à noite. Rio de Janeiro: Topbooks, 1996.

Ștefan Petică – p. 382
CALINA, Nicoleta (org.). *Stefan Petica. La 100 ani după*. Craiova (Romênia): Aius, 2014.

George Bacóvia – p. 385
"George Bacóvia: uma agenda de tradução" In: *Dossiê Tradução literária*, v. 26, n.76, 2012.

Dino Campana – p. 387
Poemas reunidos. Rio de Janeiro: Record, 2001. A ideia original era traduzir por inteiro os *Cantos órficos*.

Velimir Khlébnikov – p. 391
Eu e a Rússia. Rio de Janeiro: Bem-Te-Vi, 2014. Dedicado à minha professora de russo, Zoé Stepanov.

Rainer Maria Rilke – p. 395
Hinos à noite. Rio de Janeiro: Topbooks, 1996.

Boris Pasternak – p. 399
Doutor Jivago. Rio de Janeiro: Record, 2002.

Ion Barbu – p. 404
Margens da Noite. São Paulo: Patuá, 2021, com ligeiras modificações.

Marin Mincu – p. 406
Revista *Poesia Sempre*. RJ: FBN, n. 16, n. 32, 2009.
A tradução começou no mesmo ano no hotel Capşa de Bucareste.

George Popescu – p. 409
Caligrafia silenciosa. Rio de Janeiro: Rocco, 2015.
A poesia de George espelha aqui duas cidades: Craiova e Rio de Janeiro.

Tozan Alkan – p. 414
Babel. São Paulo: Attar, 2023.

Itinerário poético de
Poesia mundi

Maví. Penalux, 2021 (revisto em 2023).
Mal de amor. Patuá, 2018 (revisto em 2020).
Meridiano celeste. Record, 2006 (revisto em 2015).
Sphera. Record, 2003 (com variantes em 2016).
Clio. Biblioteca Azul, 2014 (modificado em 2017).
Quartetos. Inédito, 2022-23.
Mar Mussa. Inédito, 2015 (revisto em 2022).
Hinos matemáticos. Editora Balur, 2015. Tesseractum, 2023.
Bestiário. Faz parte de *Meridiano*. Record, 2006 (revisto em 2015).
Microcosmo. Tesseractum, 2023.
Al-Maʿarrī: Vestígios. Inédito, 1999.
Leila/ ليلة. Quatro poemas em prosa, que se originam do livro *Os olhos do deserto*. Record, 2000 (revisto em 2017).
Alma Venus. CIF, 2000 (revisto em 2008).
Bizâncio. Record, 1997 (revisto em 2022).
Sonetos marinistas. Faz parte de *Bizâncio*, em 1997 (revisto em 2021).
Faces da utopia: Visitações. Junção de dois títulos: *Faces da utopia*, Cromos, 1992, e "Visitações", parte separada de *Bizâncio*, 1997. Completamente diverso e mais amplo do que os originais. Daí a sua autonomia.
Bizâncio e *Alma Venus* integram capítulos da juventude e foram intensamente revistos. O livro *De passione*, que constava da primeira edição de *Poemas reunidos*, foi abjurado pelo autor.
Os volumes em italiano encontram-se hoje em *Irminsul*, Lucca: Pacini Fazzi, 2014, formando um conjunto revisado com os seguintes títulos: *Il farmacista*, *Poesie*, *Hyades*, *La gioia del dolor*, *Sonetti marinisti* e *Lucca dentro*.
Esta edição de *Poesia mundi* foi terminada na casa vermelha. Massarosa, janeiro de 2025.

Índice de títulos e primeiros versos

MAVÍ
Toque
Improviso, 11
Saṃsāra, 11
Usurpação, 12
Rio, 12
Lendo Shah Hussain, 13
Aquário, 13
A caminho, 14
Miragem, 14
Atlas, 14

Arcos
Adeus, 16
Ada, 17
Mare Crisium, 17
Retrato, 18
São Paulo, 18
Lendo Ghalib, 19
Mar, 19
Pane, 20
Despedida, 20

MAL DE AMOR
Pontos de fuga
Tornar-se apátrida, 23
Beleza desnuda, 23
Armado silêncio, 23
Inúmeras baleias, 24
Trazias dentro de ti, 24
Águas esquivas, 24
Meu tempo se anuncia, 24
Nos teus seios altivos, 25

As tramas reptícias, 25
Teu dorso constitui, 25
Foge da noite a tarde ensolarada, 25
Mal reconheço, 26
Caminho sobre formas circulares, 26
Aceita essa parcela de adeus, 26
Beijo a fronte, 27
Tensa palavra, 27
As ondas altas, 27
Como queima esse desejo, 27
A fria dissonância das vogais, 28
Já não se perdem as tardes erradias, 28

Pavanas
Um salto irreversível, 30
O pássaro que ao mundo, 30
Um corpo nu sob os raios, 30
Penetro uma jazida luminosa, 30
Inquieto o cão de guarda, 31
Teu sonho, abismo líquido, 31
Deixai a dissonância, 31
Ouve o sussurro das sombras, 31
Não tenho moedas de ouro, 32
Contorno a enseada de teu ventre, 32
Uma inquieta matilha, 32
Eu sou o filho pródigo, 32
Luzes de sódio, 33
Procuro recompor, 33
Colóquio sem palavras, 33
Na cova dos leões, 33
Horas ferinas, desfeitas nos lençóis, 34
Fomes inúteis, marcas de silêncio, 34
Desejo e não desejo, 34

Conjunções
    Um dorso fugidio, 36
    Eu canto o imponderável, 36
    Sinto-me preso a uma esfera, 36
    Um campo de papoulas, 36
    Sob o silêncio cúmplice da lua, 37
    Um enxame de palavras, 37
    Cessam as noites selvagens, 37
    Sondo as entranhas da terra, 37
    Aos olhos lúbricos da lua, 38
    Nosso automóvel corre, 38
    'Stamos em pleno mar, 38
    Sob o fragor da chuva, 38
    Preso ao mistério, 39
    Pássaros de olhos negros, 39
    A correnteza não perdoa, 39
    Lamento de águas mansas, 39
    As horas se agasalham, 40
    A teus medos sem lua, 40
    Essa remota partitura, 40
    Teu óleo me consome, 40
    O sono cintilante da manhã, 41
    Um piano avança dentro da ressaca, 41
    Demandas inconfessas, 41
    Na lúcida tormenta, 41
    A luz tangente dos limões, 42
    Teu ventre acolhe, 42
    Abismo de palavra, 42
    Um sol que me arrebata, 42
    A voz imutável, 43
    Uma estranha e impiedosa, 43

MERIDIANO CELESTE
   Bem sei que as partes, 46
   Minha escuridão, 48
   A carne indaga o seu destino, 49
   Formas intangíveis, 49
   Nise da Silveira, 50
   A noite é fria, 52
   Sâdî, 54
   O Nariz do Morto, 55
   E a barca do sol, 58
   Ah mundo, 58
   Marco Lucchesi, 59
   Hospital Santa Cruz, 61
   Um vulto, 65
   Farmácia, 66
   Um acorde ao piano, 67
   E se deitava, 70
   Ester, 71
   Creio na minha fome, 72
   Lendo Gibbon, 73
   Caminho, 74
   Свобода Бочварова, 77
   Svoboda Bachvarora, 78
   Ah! essa penumbra, 79
   Seu corpo, 80
   Rûmî, 81
   Meu Conflito, 81
   As Plêiades, 85
   O segredo mais fundo, 85
   Irrompem sediciosas, 86
   Salesianos, 87
   Aquele azul, 91
   Bernini, 91

    No céu sublime e raso, 92
    Orquídeas, 92
    Obrigado, 94

CLIO
Prólogo febril
    Índias, 103
    Sebastian Inn, 103
    Déli, 104
    Vida, 104
    Impressão, 105
    Hotel Adis Abeba, 105
    Dissoluto, 106
Clio
    Passar de céu, 108
Insônia
    Cartago, 126
    Ofício, 126
    Sono branco, 127
    Fragrância, 127
    Esconder, 128
    Miopia, 128
    Camões, 129
    Espessura, 129
    Trevas, 130
    Ópera, 130
    Perdão, 131
    GPS, 131
    Contraste, 132
    Incerteza, 132
    Luz, 133
    Tigrínia, 133

Gênese, 134
Dormir, 134
Memória, 134
Violais, 135
Muitas, 135
Sereno, 136
Onda, 136
Ensaio, 137
Não dormir, 137
Vigília, 137
Confissão, 138
Noluntas, 138
Lei, 139

SPHERA
Um laço misterioso, 142
Nas praias esquecidas, 142
E brilham ácidos, 143
Abeira-se, 143
E quando, 144
Mas se na dispersão, 144
Teu rosto, 145
Ao vivo coração do firmamento, 145
A cada folha, 146
Monta esse ginete, 146
Um rebanho, 147
Olho para nadir, 147
A Ibn 'Arabi, 148
Metafísica, 148
Não desejo, 149
Sobem, 149
As páginas brancas, 150

Nesse jardim de sonhos indormidos, 150
E temo a cada, 151
Companha das nuvens, 151
Averróis, 152
O Boieiro e os Cães, 152
Esse mar, 153
As nuvens de Oort, 153
E monstros, 154
Escrevo sem, 155
Prepara atentamente o magistério, 155
Todas as coisas, 156
E a soma das distâncias, 156
Como arrancar, 157
Não se move, 157
Como perder, 158
Não há segredo, 159
Mas e se, 160
Deus, 160
Do rosto não, 161
Mais clara, 161
A natureza, em seu amor ardente, 162
A vida toda e a pedra, 162
A supernova, 163
Bebem os lábios, 163
Não és, 164
Além da numinosa, 165
Em vômitos, 165
Nas águas claras, longe da nascente, 166
E salvo, 166
Reclama o Todo, 167
E quando, 168

Coda
    Ein Himmel, 170
    Céu (versão literal), 172

QUARTETOS
    Caos, 176
    Príncipe da altura, 176
    Domus Aurea, 176
    Inversão, 177
    Término, 177
    Arezzo, 177
    Presas, 178
    Punhal, 178
    Mensagem, 178
    Peixe, 179
    Natal, 179
    Línguas, 179
    Hora presente, 180
    Mathesis, 180
    Caverna, 180
    Ramos Rosa, 181
    Estrelas mortas, 181
    Deuses, 181
    Altas horas, 182
    Proustiana, 182
    Trovador, 182
    Livre, 183
    Gregos, 183
    Arthur Bispo, 183
    Ostras, 184
    Bilíngue, 184
    Certeza, 184

Massarosa, 185
Investida, 185
Asas, 185
Lira, 186
Orfeu, 186
Tempo, 186

MAR MUSSA
Morte ritual, 190
Luz sobre luz, 190
Canção, 191
Abuna, 191
Desconcerto, 192
Damasco, 192
Murub, 193
Hesebon, 193
Mãos, 194
Sabaoth, 194
Guerra vegetal, 195
Gashan, 196
Motim, 196
Raqqa, 197
Diário, 197
Aramaico, 198
Homs, 198
Deir Mar Mussa, 199
Ishtar, 199
Éfeso, 200

HINOS MATEMÁTICOS
   Canteiros, 204
   Busca de ouro, 204
   Solilóquio fractal, 205
   Espiral, 206
   Lendo Hadamard, 207
   Eros, 207
   Sede, 208
   Cantor, 209
   Ilha de Mandelbrot, 210
   Klein R^4, 210
   Transfinito, 211
   Minotauro, 211
   A flagelação, 212
   $\sqrt{2}$, 212
   Diferencial, 213
   $a + ib$, 213
   Nascita di Venere, 214
   Indecisão, 214
Suplemento: Math Again
   [Once], 216
   [No dreams], 216
   [Her voice], 217
   [We were both], 217
   [Prime numbers], 217

BESTIÁRIO
   Preguiça, 222
   Girafa, 223
   Pulga, 224
   Gato, 225
   Beija-flor, 226

Elefante, 227
Hipocampo, 228
Uirapuru, 229
Vagalume, 230
Lhama, 231
Hipupiara, 231
Besouro, 232
Tartaruga, 233
Abelha, 234
Jararaca, 234
Pavão, 235
Hipopótamo, 236
Boi, 236
Cavalo, 237
Jacaré, 238
Dragão, 239
Formiga, 240
Leão, 241
Águia, 242

MICROCOSMO
    Gerânios insones, 246
    Flores. Ipê-roxo, 246
    Fria madrugada, 246
    Uma ave noturna, 246
    Bêbadas de orvalho, 247
    Plêiades fugazes, 247
    Altiva beleza, 247
    Visita ao poeta, 247
    Praia do Farol, 248
    Neblina da tarde, 248
    Pura carne, o Nada, 248

Morder o futuro, 248
Besouro no quarto, 249
Teu corpo de outono, 249
Nos olhos suaves, 249
Um barco, altas ondas, 249
Crianças em roda, 250
Sobe sem temor, 250
Noite. Plenilúnio, 250
Disseste *caqui*, 250
Separo as cerejas, 251
Cruz de São Tiago, 251
Xícaras de chá, 251
Mercado São Pedro, 251
Coração da noite, 252
As cartas de outrora, 252
Astúcia de Hamlet, 252
Bem antes das onze, 252
Sombra do infinito, 253
O canto do melro, 253

AL-MAʻARRĪ: VESTÍGIOS
De um nada, 256
A morte é sono, 256
Oceano abissal, 256
Passada tanta usura, 256
Quem considera, 257
Uivam à noite os lobos, 257
É sábio quem evoca, 257
O tempo é um poeta, 257
A terra não distingue, 258
As Plêiades fenecem, 258

Inseparáveis caminham, 258
A pomba delicada, 258
Não há mais prodigioso, 258
Como se a luz da aurora, 259
Remédio para a vida, 259
Ó alma, vens do vento?, 259
Um franco-atirador, 259
Se a noite não abriu, 259
Um sol, em meio às trevas, 260
Indaga ao corvo, 260
Uma noite sem lua, 260
Todo lance possui, 260
O leito é um barco, 260
Os homens são poemas, 261
Meu coração, rival, 261
A alma unida ao corpo, 261
Não impressione a escuridão, 261
As falhas dos mortais, 261
Minha vida é uma nuvem, 262
Na escura noite, 262

LEILA/ ليلة
ل: Foi numa terra estranha, 266
ى: Hei de saber, 267
م: Leila, as praias amanhecem, 268
ج: ... mas, Leila, esta sede insaciável, 269

ALMA VENUS
Princípios
  Alef, 275

    Bet, 277
    Ghimel, 278
    Dalet, 280
Temporais
    Reparação do abismo, 283
    Rosa, 286
    A superfície do não, 288
    A Jorge de Lima, 291
    A quarta parede, 293
    O outro, 294
    Ubi es, Vita, 295
Cidades
    Dualismo, 297
    O fim da tarde, Antero, 297
    A se stesso, 298
    Leonardo, 299
    Gala Placídia, 299
    Machina Dei, 300
    A sós, em seu tormento, 301
    De rerum natura, 302
Altitudes
    Círculo do tempo, 305
    Cantiga de amor, 306
    A contra-flor, 307
    Modo inaugural, 309
    As Plêiades, 311
    Nuvens, 312

BIZÂNCIO
    Sombras do ocaso, 317
    A chama da espera, 322
    O fim da noite, 325

    A memória do anjo, 329
    Lágrimas das coisas, 331

SONETOS MARINISTAS
    Deh, qual furente nume sì rubella, 338
    Dês que vos conheci, minha Senhora, 338
    Questo limpido ciel, mare spumante, 339
    É de tal arte a dor de minha vida, 340
    La notte è chiara e di soavi accenti, 340
    Na clara fonte estáveis, Filomena, 341
    Sotto i nembi d'amor, pe' campi d'oro, 342
    Minha Senhor passava dantre as flores, 342
    Cinzia, non indugiar, già soffia 'l vento, 343
    Senhora, que abalais a fortitude, 344

FACES DA UTOPIA: VISITAÇÕES
Rûmî
    Sentados no palácio duas figuras, 349
    Morrei, morrei, de tanto amor morrei, 349
    Moro na transparência desses olhos, 350
Yunus Emre
    Tu chegaste, triste e só, 352
Joachim du Bellay
    Sacros montes, e vós santas ruínas, 355
    Astros cruéis, e deuses desumanos, 356
San Juan de la Cruz
    Noite escura, 358
    Chama de amor viva, 360
Francisco de Quevedo
    Significa-se a Própria Brevidade da Vida, 362

Arrependimento e Lágrimas Devidas, 363
  Descuido do Distraído Viver, 364
  A Roma sepultada, 365
  Salmo XXVIII do Heráclito Cristão, 366
  Na Morte de Cristo, 367
  Amor que sem se deter, 368
  Afetos vários do seu Coração, 369

Angelus Silesius
  Devemos ser um, 371
  Um coração escuro não enxerga, 371
  Como tudo abandonar de uma só vez, 371
  Há milhares de sóis, 371
  A pedra resistente, 372
  Ama-se também sem conhecer, 372
  Não sabemos quem somos, 372
  No centro tudo se vê, 372

Friedrich Hölderlin
  Sócrates e Alcibíades, 374
  Brevidade, 374
  Diotima, 375
  Pôr do sol, 376

Georg Trakl
  Crepúsculo de inverno, 378
  Romança à noite, 379
  Na escuridão, 380
  As ratazanas, 381

Ştefan Petică
  A donzela desconhecida, 383

George Bacóvia
  No fim, 386
  Crepúsculo de inverno, 386

Dino Campana
  Pampa, 388

Velimir Khlébnikov
    Meninas, aquelas que passam, 392
    Eu e a Rússia, 392
    Dostoievismo de nuvem fugaz, 393
    Eu vos contemplo, ó números, 393
    — Senta, Gul mulá, 394

Rainer Maria Rilke
    Deve ser agora o anjo raro, 396
    Se fui ou ainda sou, teu passo, 397
    Ao levantar os olhos do livro, das próximas linhas, 398
    Olha. Os anjos espalhando no espaço, 398

Boris Pasternak
    Agosto, 400
    Aurora, 402

Ion Barbu
    Do Tempo, deduzido, 405
    Timbre, 405

Marin Mincu
    Eu me admiro da mão que escreve, 407
    Atrás da máquina de escrever, 407
    Sob a aurora cercada de luzes, 408
    Muitas voltas sem descanso, 408

George Popescu
    Estou seduzindo o sangue homérico, 410
    A faca impiedosa e as preocupações mecânicas, 411
    O adormecer do sinal, 412
    A desordem do medo, 413

Tozan Alkan
    Tinta sobre a língua, 415

Este livro foi composto na tipografia
Goodchild Pro, em corpo 9,75/15, e impresso em papel
off-white na Gráfica Santa Marta.